Gordon

DROIT AU BUT 4

La folie des finales

Couverture de
Greg Banning

Texte français d'Isabelle Allard

Éditions

Catalogage avant publication de Bibliothèque et Archives Canada

Korman, Gordon
[Cup crazy. Français]
La folie des finales / Gordon Korman;
texte français d'Isabelle Allard.

(Droit au but; 4)
Traduction de : Cup Crazy.
Pour les 8-12 ans.

ISBN 978-0-545-99528-3

I. Allard, Isabelle II. Titre. III. Titre : Cup Crazy. Français.
IV. Collection : Korman, Gordon Droit au but; 4.

PS8571.O78C8614 2007   jC813'.54   C2007-902691-5

Édition publiée par les Éditions Scholastic,
604, rue King Ouest, Toronto (Ontario)   M5V 1E1.

5 4 3 2 1   Imprimé au Canada   07 08 09 10 11

Chapitre 1

Les éliminatoires.

Aucun mot ne suscite plus d'excitation chez un amateur de hockey. La longue saison éreintante est terminée. La plupart des équipes ne se sont pas montrées à la hauteur, et sont parties en se disant : « Si seulement... » et « À l'an prochain ». Qui reste? Les meilleurs, prêts à lutter pour la récompense ultime : le championnat.

La une de *Sports Mag* a plus souvent porté sur les éliminatoires que sur tout autre sujet. C'est ici que j'entre en scène : Tamia Aubin, journaliste sportif (s'il vous plaît, n'utilisez jamais mon vrai nom, Clarence).

Pour être honnête, je ne travaille pas encore pour *Sports Mag*. Toutefois, dans la *Gazette* de l'école élémentaire de Bellerive, le hockey est mon domaine.

C'est pourquoi je me trouvais à bord de l'autobus des Flammes des Aliments naturels de Mars, ce jour-là. Nous nous rendions à la réunion au sujet des éliminatoires.

Assis sur un sac de son d'avoine de 20 kilos, j'interviewais les joueurs, à l'aube de ce grand moment.

— Quelle impression ça vous fait d'accéder aux éliminatoires après votre toute première année dans la ligue? ai-je demandé en allumant mon magnétophone.

— C'est un miracle que nous soyons même entrés dans la ligue! a gloussé le gardien Jonathan Colin, juché sur un tonneau de tofu. Accéder aux éliminatoires, c'est comme gagner à la loterie!

Je dois vous donner quelques explications concernant le tofu, le son d'avoine, les germes de haricot, le soya et la gomme de caroube empilés autour de nous. Cet « autobus » est en fait le camion de livraison du commanditaire de l'équipe, le magasin d'aliments naturels de Mars. Boum Boum Blouin, le propriétaire, est également l'entraîneur des Flammes.

Boum Boum a joué au sein de la LNH dans les années 1970. Ne vous en faites pas si vous n'avez jamais entendu parler de lui. Personne ne le connaît. Il était un choix de dernier tour au repêchage et a passé la majeure partie de sa carrière à se faire échanger ou à se faire renvoyer dans les ligues mineures. Mais tout de même : il a joué dans la LNH! On ne peut pas en dire autant des autres entraîneurs de la Ligue Droit au but de Bellerive. Alors, vous pouvez être certains que nous sommes fiers de lui!

Nous sommes entrés dans le stationnement du centre communautaire, et l'entraîneur a ouvert les portes arrière du camion. Il nous a souri, révélant ses trois dents manquantes – rappelez-vous que dans les années 1970, les joueurs de hockey ne portaient pas de masque protecteur.

— Bon, sortez tous du cossin, a-t-il lancé.

Nous sommes descendus et nous sommes rassemblés autour de lui.

— Avez-vous hâte de connaître le nom de vos zigotos dans le premier tour des patentes?

Je dois préciser un autre détail au sujet de Boum Boum : son langage est difficile à comprendre. Quand il ne se souvient pas d'un mot, il le remplace par des termes comme cossin, bidule, bébelle, machin, zigoto... Une fois qu'on le connaît, on arrive parfois à déchiffrer ses paroles. Par exemple, le premier tour des patentes, c'est « le premier tour des éliminatoires ». Mais parfois, il nous lance des phrases comme : « Mettez le trucmuche dans l'affaire! » Je n'ai toujours pas réussi à la traduire, celle-là.

Nous avons répondu à l'entraîneur par des cris enthousiastes, puis l'avons suivi dans l'édifice.

Le centre communautaire abrite non seulement la patinoire, mais aussi une grande salle. C'est à cet endroit qu'avaient lieu la rencontre ainsi que le tirage au sort qui allait déterminer l'ordre des affrontements.

La pièce était remplie de joueurs, de parents et d'officiels de la ligue. Un murmure s'est élevé quand Boum Boum nous a précédés à l'intérieur.

Plusieurs raisons expliquent cette réaction. D'abord, notre entraîneur n'est pas l'homme le plus séduisant du coin. Je sais très bien que la beauté est quelque chose de superficiel, mais Boum Boum a l'air d'une mante religieuse de 1,80 mètre, avec ses yeux globuleux et son dos courbé. Il a le front dégarni, mais porte ses cheveux frisottés en une queue de cheval qui se hérisse quand il est énervé.

Toutefois, les murmures de la foule concernaient également Alexia Colin, la sœur jumelle de Jonathan. Alexia est la capitaine des Flammes, et la seule fille à avoir jamais joué dans la Ligue Droit au but. Je ne crois pas que les joueurs des autres équipes sont heureux de jouer contre une fille. Mais ce qui les dérange le plus, c'est l'excellence de son jeu. Alexia est une vraie de vraie : forte, solide, et de loin la meilleure plaqueuse de la ligue. Elle était aussi au neuvième rang des marqueurs en cette fin de saison. Difficile de trouver un joueur plus complet.

En nous voyant arriver, un petit malin s'est écrié :

— Les Martiens sont là!

Nous avons tous poussé un grognement. C'était la principale raison de l'agitation de la foule. Voyez-vous, nous jouons dans la ligue de Bellerive, fréquentons les écoles de Bellerive, utilisons la bibliothèque et le service de police de la ville, et tout le reste. Mais nous ne vivons pas à Bellerive. Notre ville, Mars, est située à trois kilomètres de là, de l'autre côté d'un canal d'à peine neuf mètres à son point le plus large. Ce n'est rien, n'est-ce pas? Nous sommes tous voisins et devrions former une grande famille unie, non?

Oubliez ça. Les gens de Bellerive nous regardent de haut, se moquent de nous, nous traitent de Martiens, de gagas de la galaxie et de nonos de la nébuleuse. Il avait fallu 30 ans pour que la Ligue Droit au but de Bellerive épuise sa provision d'excuses avec lesquelles empêcher les Marsois d'avoir leur équipe de hockey. C'est pour cette raison que nous étions si heureux d'accéder aux séries éliminatoires. Les gens de Bellerive s'étaient attendus à ce que nous nous plantions après le premier mois.

— Hé! Par ici!

Cédric Rougeau avait placé son manteau, ses gants, son foulard, son chandail et un de ses souliers sur le banc de la première rangée pour nous réserver des places. Il est le capitaine adjoint des Flammes, et le seul joueur de l'équipe à habiter Bellerive. Je vous dis que nous sommes chanceux de l'avoir! Il est le meilleur marqueur de la ligue, et un super bon gars par-dessus le marché.

Nous nous sommes frayé un chemin jusqu'au banc et avons tapé dans la main de notre coéquipier de Bellerive.

Cédric m'a donné une tape dans le dos :

— Prêt pour les séries, Tamia?

Voilà pourquoi j'adore les Flammes de Mars. Même si je ne suis pas un joueur, ils me traitent comme si j'étais l'un des leurs. Je suis le journaliste de l'équipe. Aucune autre équipe n'en a un. Pas même les Pingouins, qui sont en première place.

— Prêt? ai-je répété. Je suis gonflé à bloc! Je viens de dépenser 25 dollars en piles de rechange!

— Eh bien, regardez qui est là! s'est exclamée une voix derrière nous. Un troupeau de Martiens!

Je n'ai pas eu besoin de me retourner pour savoir de qui il s'agissait. Rémi Fréchette, des Pingouins. Et comme d'habitude, son ami et compagnon de trio, Olivier Vaillancourt, l'accompagnait.

— Je ne savais pas que les éliminatoires étaient devenues interplanétaires, a ricané Olivier.

Notre banc s'est mis à trembler. Je savais pourquoi. Pendant que nous tentions tous d'ignorer ces deux idiots, notre ailier, Carlos Torelli, riait de leurs blagues pourries. Ce n'était pas la faute de Carlos. Tout le fait rire.

— Oh, cet astronono a le sens de l'humour! a lancé Rémi.

Carlos se tordait tellement que j'ai cru qu'il allait avoir une hernie.

— Tais-toi, crétin, a chuchoté Jean-Philippe Éthier, un autre de nos ailiers.

Olivier a tendu la main pour saisir une poignée des longs cheveux d'Alexia. Mais avant que sa main puisse les atteindre, Alexia a dit d'une voix basse, sans se retourner :

— Je ne ferais pas ça si j'étais toi.

Olivier a retiré sa main comme s'il s'était brûlé.

Ça, c'est Alexia : plus elle parle à voix basse, plus son message se fait bien comprendre. Elle chuchote ce que la plupart d'entre nous crieraient. J'appelle ça son réglage de volume inversé.

Soudain, l'assistance a poussé des oh! et des ah! Sur la scène, les officiels de la ligue hissaient le trophée du championnat, la scintillante Coupe Fréchette. Elle portait le nom du grand-père de Rémi, fondateur de la ligue. Le président, l'oncle de Rémi, était également un Fréchette. Comme Rémi faisait partie des Pingouins, ce serait probablement un Fréchette qui remporterait le championnat cette année.

— Le président brandit le plus important trophée de la Ligue Droit au but, ai-je murmuré dans mon micro.

Rémi m'a pincé le cou.

— Arrête de rêver, Tamia. Je te jure qu'aucun Martien ne mettra sa main d'extraterrestre sur ce trophée.

La voix d'Alexia, réglée au plus bas, a de nouveau flotté par-dessus son épaule :

— Ne fais pas de promesse que tu ne peux pas tenir, le vantard.

Rémi a répliqué d'un air suffisant :

— Oh, mais c'est garanti. Vous allez voir!

Chapitre 2 [[[[[

Mes antennes de reporter se sont mises à frétiller. Qu'est-ce qu'il voulait dire par là?

Mon attention s'est reportée sur la scène. Les officiels ont déposé le nom des huit équipes dans la Coupe Fréchette, puis ont procédé au tirage au sort.

— Les Étincelles de Ford Fortier vont affronter les Pingouins électriques!

Des soupirs de satisfaction se sont fait entendre un peu partout dans la salle. Tout le monde savait qu'un match de première manche contre les Pingouins garantissait un été précoce. Il y a eu quelques grognements aussi, surtout de la part des Étincelles.

Les Flammes allaient affronter les Vaillants de l'Atelier de carrosserie Brunet. Ils nous avaient sévèrement battus plus tôt dans l'année, avec un pointage de 6 à 2. Mais c'était au début de la saison, quand notre équipe n'était pas encore rodée.

J'ai dicté une idée de titre dans mon magnétophone : *L'heure de la revanche a sonné.*

— Les Vaillants sont forts, mais je pense qu'on peut les vaincre, a chuchoté Cédric.

— On verra dans 10 minutes si tu es toujours aussi confiant, a ricané Rémi.

Son ton ne me disait rien qui vaille. Quelque chose se tramait. Je le sentais.

Après le tirage, nous nous sommes rassemblés devant le tableau et nous avons tenté de prédire comment les éliminatoires se dérouleraient :

n°5 Étincelles (20–7–3)
n°1 Pingouins (28–2–0)
n°4 Panthères (21–7–2)
n°6 Démons (19–9–2)

n°8 Flammes (17–12–1)
n°3 Vaillants (23–6–1)
n°2 Requins (25–3–2)
n°7 Rois (18–8–4)

— Si on remporte le match contre les Vaillants, a dit Jonathan d'un ton pensif, on jouera contre les vainqueurs de la rencontre entre les Requins et les Rois.

— Du moment que ce ne sont pas les Pingouins, a soupiré Jean-Philippe.

Tout le monde a hoché la tête. Si nous devions affronter les puissants Pingouins électriques, ce ne serait pas avant la finale, selon la configuration des équipes.

Nous aurions pu demeurer là toute la nuit, à considérer les différentes possibilités pendant que le centre communautaire se vidait.

Boum Boum a manifesté son impatience :

— Bon, mettez vos bidules. Tout le monde dans le cossin!

Mettez vos manteaux. Tout le monde dans l'autobus.

— Un instant, Blouin, a lancé M. Fréchette. J'aimerais vous parler, à vous et votre équipe.

Oh! oh! L'oncle de Rémi faisait partie de ceux qui avaient voté contre l'admission de notre équipe dans la ligue. S'il avait quelque chose à nous dire, c'était sûrement une mauvaise nouvelle.

— Blouin, a commencé le président de la ligue, nous sommes tous très heureux qu'Alexia Colin soit votre capitaine. Et nul n'est plus fier que moi de ce qu'elle a accompli jusqu'ici.

N'en croyez pas un mot. La seule raison pour laquelle la ligue avait accepté qu'Alexia fasse partie des Flammes, c'était parce que la Cour suprême avait décidé que les filles pouvaient participer aux sports de leur choix.

— Mais on m'a fait savoir que sa présence dans la ligue est illégale, a poursuivi M. Fréchette.

J'étais muet de stupeur, tout comme les joueurs. Mais pas Boum Boum :

— Ne dites pas de patentes!

— Bêtises, a calmement traduit Alexia.

— Je suis tout aussi contrarié que vous, a menti M. Fréchette. Mais le règlement, c'est le règlement. C'est une loi municipale de Bellerive. Tenez.

Il a sorti une feuille de sa poche et l'a tendue à Boum

Boum.

Nous nous sommes rassemblés autour de lui pour lire ce qui suit :

Règlement municipal 14A, paragraphe iv : Aucune personne de sexe féminin n'a le droit de tenir ou de manier, de quelque façon que ce soit, un morceau de bois d'une longueur excédant un mètre, à l'exception des vadrouilles, des balais et des barattes à beurre.

Approuvé le 14 avril 1887. Votes affirmatifs : 4. Votes négatifs : 1.

— Qu'est-ce que ce truc a à voir avec Alexia? a demandé Boum Boum.

— Ça ne parle même pas de hockey! a renchéri Cédric.

— Un bâton de hockey est un morceau de bois, a expliqué M. Fréchette d'un ton qu'il voulait raisonnable. Ce règlement stipule qu'elle ne peut pas transporter un bâton à l'intérieur des limites de la ville. Vous ne voudriez certainement pas lui demander de jouer sans bâton! a-t-il ajouté en gloussant.

— C'est complètement ridicule! s'est écrié Jean-Philippe.

— Ce règlement idiot remonte à plus de 100 ans! a renchéri Jonathan.

M. Fréchette a répliqué d'un air snob :

— La loi contre le meurtre est tout aussi ancienne, et elle est toujours valable.

Et voilà comment ces pourris de Bellerive ont renvoyé

Alexia de la ligue. Oh, bien sûr, nous avons crié, réclamé, protesté... Quand Boum Boum atteint un certain niveau d'agitation, son niveau de français diminue. Il s'époumonait, à grand renfort de trucmuche et de machin-chouette.

J'ai remarqué que Rémi se tenait derrière son oncle, nous souriant de toutes ses 32 dents. Maintenant, je comprenais ce qu'il avait voulu dire par : « On verra si tu es toujours aussi confiant dans 10 minutes ». Cette andouille était au courant depuis le début!

M. Fréchette ne cessait de répéter :

— Le règlement, c'est le règlement!

Mais ce n'était pas une question de règlement. C'était encore une arnaque à l'encontre des Marsois! Les Flammes ne pouvaient pas jouer sans Alexia! Elle était notre capitaine, notre deuxième meilleure joueuse! Sa résistance et ses plaquages empêchaient les autres équipes de nous bousculer.

J'ai utilisé mon dernier atout :

— Vous ne pouvez pas nous enlever Alexia. Il ne nous resterait que neuf joueurs et un gardien. Le minimum de la ligue est de 10 joueurs, en plus du gardien. À moins que vous ne vouliez nous faire perdre notre place aux éliminatoires?

— Bien sûr que non, a répondu M. Fréchette. Ce serait injuste.

Comme s'il connaissait quoi que ce soit à la justice!

— Nous allons vous octroyer un joueur de

remplacement, a-t-il poursuivi. Le prochain garçon sur la liste.

Il a consulté son carnet.

— Il s'agit de... Virgile Norbert, y a-t-il lu.

— Fragile! se sont écriés Jean-Philippe et Carlos, catastrophés.

Nous connaissions tous Virgile, qui fréquentait l'école élémentaire de Bellerive. Les enfants l'avaient surnommé Fragile parce qu'il souffrait de saignements de nez au moindre coup de vent. Il était le plus petit, le plus maigre et le plus chétif des élèves de sixième année. Il se faisait tyranniser par des enfants de huit ans. Lorsqu'il fallait déterminer les équipes dans le cours d'éducation physique, tout le monde aurait préféré prendre une des gerbilles du labo plutôt que de choisir Virgile Norbert.

Boum Boum était dans une colère si noire que son langage est devenu incompréhensible. Même après le départ de M. Fréchette, notre entraîneur invectivait toujours l'endroit où s'était tenu le président. Je n'ai jamais vu les joueurs aussi furieux. Les visages étaient rouges, les bras s'agitaient, les poings se serraient. Nous étions tous déchaînés, à l'exception d'Alexia.

Nous savions qu'elle était contrariée parce qu'elle demeurait silencieuse. Mais elle avait un regard aussi terne qu'un ciel d'orage.

— Pourquoi êtes-vous tellement surpris? a-t-elle dit d'une voix si basse que nous avons dû cesser de crier pour l'entendre. Ils essaient toujours de nous mettre des bâtons dans les roues. C'est seulement un autre coup bas.

Jonathan, son jumeau, était pratiquement en larmes :

— Alex, je suis désolé! Je n'en reviens pas qu'ils t'aient fait une chose pareille!

— Comment allons-nous jouer sans toi? a gémi Carlos.

— Comment allons-nous jouer avec Fragile? a ajouté Jean-Philippe.

Le retour à la maison n'a pas réussi à calmer les esprits. Lorsque nous sommes passés en bringuebalant sur le pont menant à Mars, tout le monde criait dans le camion, sauf Alexia, qui ne disait rien.

Chapitre 3

Mars ne dispose pas d'un centre communautaire sophistiqué comme celui de Bellerive. Notre patinoire extérieure est flanquée d'une petite cabane équipée d'un poêle ventru. Nous obtenons parfois du temps pour une pratique au centre communautaire, mais M. Fréchette s'arrange toujours pour que ce soit à 6 h du matin, à minuit ou le matin de Noël. La plupart des entraînements des Flammes ont donc lieu sur notre patinoire, dont la glace est raboteuse par temps froid et à demi fondue quand il fait plus chaud. C'était le cas, ce dimanche matin-là.

Les joueurs s'entraînaient depuis une dizaine de minutes quand je suis arrivé. Je suis presque tombé raide mort en apercevant Alexia. Elle n'était pas en uniforme. Au lieu de s'entraîner avec l'équipe, elle aidait l'entraîneur à diriger les différents exercices. J'étais déprimé rien qu'à la regarder. Et cette vue devait avoir le même effet sur les joueurs, parce que leur manque d'énergie faisait peine à voir. Je me suis creusé la tête pour une idée de titre, mais je n'ai pu trouver mieux que : *Zombis sur patins*.

Boum Boum devait penser la même chose. Il a interrompu l'entraînement et rassemblé les joueurs autour de lui.

— Écoutez-moi, bande de zigotos! a-t-il beuglé. Je ne sais pas comment vous qualifiez ce trucmuche que vous faites depuis tantôt, mais une chose est certaine, ce n'est pas du hockey! Il faut mettre les choses au clair.

J'ai allumé mon magnétophone, mais je savais que je n'obtiendrais rien d'utile. Les joueurs se sont tous mis à protester en même temps.

L'entraîneur a levé les bras pour obtenir le silence.

— Je suis d'accord avec vous. On s'est fait avoir, et ce n'est pas juste. Mais au lieu de vous apitoyer sur votre sort, pensez à ce que vit Alex. Elle a accepté cette patente comme un homme. Je veux dire une femme. Enfin, un bidule.

Tous les yeux se sont tournés vers Alexia. Elle semblait aller bien. Mais j'avais une théorie à ce sujet. C'était peut-être dû à son réglage de volume inversé. Parce que cette fille a toujours l'air vaguement fâchée, même quand tout va bien. Peut-être que lorsqu'elle atteint un certain niveau de colère, son attitude devient de plus en plus agréable. Je n'en étais pas certain, mais si elle se mettait à sourire, j'avais bien l'intention de me réfugier dans la cabane!

Boum Boum a poursuivi :

— Bon, assez parlé de cette affaire. Quelqu'un a-t-il quelque chose à dire qui serait utile à l'équipe?

Après un long silence, Jean-Philippe a levé timidement la main :

— Je pense qu'on devrait avoir une surfaceuse.

Les yeux de l'entraîneur lui sont pratiquement sortis de la tête.

— Une surfaceuse? Pourquoi?

— Tout le monde se plaint toujours que la glace n'est pas belle ici, a répondu Jean-Philippe en haussant les épaules. Avec une surfaceuse, ce serait mieux.

Jean-Philippe a toujours des idées complètement ridicules. Après toute une saison, Boum Boum savait comment s'y prendre avec lui.

— Merci pour ta suggestion, a-t-il dit patiemment. Mais je ne crois pas que Mars ait assez de cossins dans son budget.

— On pourrait amasser de l'argent, a répliqué Jean-Philippe. Il ne serait pas nécessaire d'embaucher un conducteur. Je pourrais la conduire moi-même, a-t-il ajouté d'un air timide.

Alexia lui a éclaté de rire au visage.

— Ah, je comprends! Tu ne veux pas de surfaceuse pour améliorer l'état de la glace. C'est parce que tu veux la conduire!

Jean-Philippe a rougi.

— Quand j'étais petit, je rêvais de devenir pilote de course ou joueur de hockey, a-t-il expliqué. Et qu'obtient-on quand on met les deux ensemble? Un conducteur de surfaceuse.

On aurait pu entendre une mouche voler. C'est pendant ce silence ébahi que nous avons remarqué une voiture qui se garait le long du trottoir.

La portière du passager s'est ouverte et un équipement de hockey en est sorti. Nous avons fixé l'apparition des yeux. La seule façon de savoir qu'il y avait quelqu'un là-dessous était le fait que l'équipement se déplaçait dans notre direction.

— Est-ce que c'est Mars, ici? a fait une voix provenant du casque.

— Non, c'est Jupiter! a lancé notre défenseur Benoît Arsenault d'une voix hargneuse.

Le nouveau venu a mis le pied sur la glace et a patiné vers nous. Ce n'est que lorsqu'il est arrivé à la hauteur des joueurs que j'ai reconnu, au fond du casque, la petite face de Virgile Norbert.

Boum Boum l'a dévisagé :

— Tu dois être machin-chouette, notre nouveau trucmuche?

Virgile était si nerveux qu'il n'a pas semblé remarquer le mode d'expression particulier de notre entraîneur.

— Bonjour, a-t-il dit. M. Fréchette m'a dit de venir ici. Vous me détestez, n'est-ce pas? a-t-il ajouté en baissant les yeux vers ses patins.

Nous étions tous si surpris que personne n'a su quoi répondre.

Puis Boum Boum a grondé :

— Qu'est-ce que tu racontes? Pourquoi on te

détesterait?

— Parce que je remplace votre capitaine, a dit Virgile d'un ton tragique. Si j'étais vous, je me détesterais.

Nous étions tous mal à l'aise. Oh, bien sûr, nous n'avions rien de personnel à reprocher à Virgile. Nous le connaissions depuis la maternelle. Il n'était pas si mal, pour un pauvre type. Mais nous détestions ce que la ligue nous faisait subir. Et Virgile en était le symbole. Alors, oui, on peut dire que nous le détestions.

Alexia a brisé le silence en déclarant d'un ton sévère :

— Holà! Rien de tout cela n'est de ta faute. Bienvenue chez les Flammes, a-t-elle ajouté en mettant son bras sur les épaules de Virgile.

Puis elle s'est tournée vers nous en souriant :

— N'est-ce pas, les gars?

Oh! oh! Ça devenait dangereux. Ce large sourire cachait sûrement quelque chose.

L'entraîneur a relancé la série d'exercices, et Jonathan a glissé jusqu'à moi, près de la bande.

— Que dis-tu de ça? a-t-il chuchoté avec un respect mêlé de crainte. Ça alors, je ne l'ai jamais vue si fâchée!

Cédric s'est approché à son tour.

— J'admire vraiment ta sœur, a-t-il murmuré à Jonathan. C'est incroyable la façon dont elle accepte la situation. J'aurais cru qu'elle rongerait son frein.

Jonathan et moi avons échangé un regard entendu. Cédric est un excellent joueur de hockey, mais il ne connaît vraiment pas Alexia Colin.

Tout a explosé durant l'exercice de mise en échec. Comme d'habitude, c'est Alexia qui dirigeait les manœuvres. Même sans équipement, elle était la meilleure plaqueuse de l'équipe. Elle arborait toujours son grand sourire quand, en deux enjambées, elle s'est approchée de Cédric et l'a étendu sur le dos d'un coup bien appliqué.

— Bonne patente! a approuvé Boum Boum. Prochain!

C'était au tour de Marc-Antoine Montpellier, le centre de notre deuxième trio. Elle l'a frappé avec tant de force qu'il en a perdu son casque, qui a rebondi jusqu'au filet opposé.

Elle a ensuite plaqué Jean-Philippe avec la hanche, avant d'enfoncer son épaule dans la poitrine de Carlos d'un mouvement qui l'a soulevé au-dessus de sa tête – et il fait deux fois sa taille!

L'entraîneur aime bien qu'on s'entraîne à fond, mais même lui n'applaudissait plus avec autant d'enthousiasme.

— Pas si fort, Alex! a-t-il crié. On ne pourra pas gagner si la moitié de nos joueurs se retrouve à l'affaire!

Il voulait probablement dire à l'hôpital. Mais je commençais à me demander si ce n'était pas plutôt à la morgue.

Tout le monde a retenu son souffle. Le prochain joueur était Virgile. Nous étions certains que nous allions assister à un massacre.

Boum Boum a fait un pas en avant. Je pense qu'il se préparait à arrêter Alexia.

Virgile a démarré avec la rondelle. Il était si petit que le sommet de son bâton lui arrivait au milieu de la figure. La rondelle lui a échappé, et il l'a suivie, ce qui l'a fait dévier de sa trajectoire. La palette de son bâton trop long a heurté la bande. L'impact s'est propagé jusqu'à l'embout, qui a percuté son masque.

Bing! La visière s'est enfoncée sur son nez.

Il y a moins de sang que ça dans les films d'horreur. Nous sommes tous habitués aux célèbres saignements de nez de Virgile. Mais en apercevant le sang qui ruisselait partout, Boum Boum s'est affolé. Il a patiné jusqu'à Virgile et l'a pris dans ses bras comme une jeune mariée.

— Vite! s'est-il écrié. Composez le 9-1-1!

— Je vais bien, a gargouillé Virgile. J'ai juste besoin d'un mouchoir.

L'entraîneur était si surpris que le blessé ne soit pas inconscient qu'il l'a échappé par terre.

Cédric s'est approché, a relevé le masque de Virgile et a placé une serviette sous son nez.

— Ne vous inquiétez pas, ai-je dit à Boum Boum. Ça lui arrive tout le temps.

— Je suis habitué, a ajouté Virgile. Vous voyez? Mon nez a déjà arrêté de saigner.

Soulagé, l'entraîneur a examiné la glace. Elle était parsemée de taches rouges.

— C'est parce qu'il ne te reste plus de sang, a-t-il dit à Virgile, avant de se tourner vers nous. Allez chercher des pelles. On va essayer d'enlever un peu de ce cossin en grattant la glace.

Jean-Philippe n'a pas laissé passer cette occasion :

— Vous savez, ce serait nettoyé en une demi-seconde si on avait une surfaceuse.

Virgile s'est remis debout. Il a contemplé les dégâts d'un air mélancolique.

— Je suis désolé d'avoir saigné sur votre patinoire, a-t-il marmonné dans sa serviette. Maintenant, vous devez me haïr encore plus qu'avant.

— Personne ne te hait, a rétorqué Cédric.

Mais même lui n'avait pas l'air entièrement convaincu.

Chapitre 4

Après l'entraînement, nous sommes tous allés au magasin d'aliments naturels pour le dîner. Tous, sauf Virgile, que sa mère attendait pour le ramener à Bellerive.

— Invite-la, a proposé Boum Boum.

Virgile a secoué la tête.

— Tout le monde me déteste. Ça gâcherait votre repas.

— Personne ne te déteste, a grondé Boum Boum en approchant son visage de celui de Virgile.

Mais Mme Norbert klaxonnait, et Virgile est parti la rejoindre.

Pour être honnête, Virgile avait de la chance. La nourriture des Blouin est vraiment horrible. Le repas de ce dimanche était composé d'une soupe au brocoli, de burritos au tofu et de jus de concombre frais.

Vous vous demandez sûrement pourquoi nous mangions ces choses infectes. Je crois qu'il faut faire partie des Flammes pour comprendre. L'entraîneur et sa femme sont très gentils. Sans eux, Mars n'aurait jamais eu son équipe de hockey. Ils sont aux petits soins pour nous. Nous avons donc une entente tacite selon laquelle nous mangeons leur nourriture santé et faisons semblant de l'apprécier.

Nous étions donc là, en train de pousser les aliments dans notre assiette pour donner l'impression qu'il en restait moins, quand Mme Blouin est entrée dans la pièce.

Au premier coup d'œil, son apparition donne toujours un choc. Autant Boum Boum a une apparence comique, autant sa femme est d'une beauté impossible à décrire. La plupart des membres de l'équipe perdent l'usage de la parole en sa présence. Même depuis qu'elle était enceinte et – sans vouloir l'insulter – rondelette, elle avait toujours ses longs cheveux noirs, ses yeux étonnants, son irrésistible sourire... enfin, vous voyez le tableau. Elle était magnifique.

Nous nous sommes précipités pour lui offrir une chaise et nous assurer qu'elle était à l'aise. Puis nous avons noté que Mme B., cette adepte de la bouffe santé, était en train de manger un hamburger au fromage, au bacon et au chili, tout garni! De plus, elle l'engloutissait avec voracité.

Carlos s'est pincé le nez et a avalé une bouchée de tofu.

— Madame Blouin! s'est-il exclamé, stupéfait. Qu'est-ce que vous mangez? Ce n'est pas un burrito au tofu!

— Vous nous avez dit que les hamburgers étaient du poison, a ajouté Kevin Imbeault, qui forme un duo de défenseurs avec Benoît.

— Je ne sais pas ce qui me prend, tout à coup! a-t-elle dit, embarrassée, sans toutefois arrêter de mâcher. Depuis que je suis enceinte, je n'aime plus la nourriture santé. Vous ne me croirez pas, mais je trouve même qu'elle a mauvais goût!

— Non! nous sommes-nous exclamés en chœur.

Je parie que n'importe lequel d'entre nous aurait accepté d'échanger sa mère contre ce hamburger!

— Mais oui! a-t-elle insisté. Je ne mange plus que ce genre de nourriture, maintenant!

Elle a aussi avalé une montagne de frites nappées de sauce et bu un verre de racinette où flottait une boule de crème glacée. Nous avons continué de refiler des bouts de tofu au chien pendant qu'elle s'en donnait à cœur joie à s'empiffrer d'aliments vides. Quelques gouttes de sauce chili et de ketchup glissaient sur son ravissant menton.

Son repas terminé, elle s'est précipitée à la cuisine et est revenue avec un énorme sac de papier. Elle a fouillé à l'intérieur. On a entendu un bruit de billes qui s'entrechoquent. C'était un son que je connaissais bien. Finalement, sa main est ressortie, tenant délicatement, entre le pouce et l'index... une boule magique.

Une boule magique!

Vous ne le savez peut-être pas, mais je suis le client numéro un de l'industrie des boules magiques. C'est pour cette raison qu'on m'a surnommé Tamia : avant, j'avais toujours les joues gonflées par un gros bonbon dur.

Puis est arrivé le lundi fatidique. Un rendez-vous chez

le dentiste. Onze caries.

Je n'avais pas mangé un seul bonbon dur depuis le tournoi des étoiles. Et voici que j'en avais un devant les yeux! Et pas n'importe lequel : une méga-bombe au raisin, avec une véritable explosion de jus de fruit à l'intérieur! C'était comme narguer un gars assoiffé, en plein désert, en lui montrant un verre d'eau.

J'ai regardé sa jolie joue gonflée par la méga-bombe. On aurait dit que c'était elle qui portait le nom de Tamia.

Je sais ce que vous pensez. Les Blouin étant des personnes si gentilles, pourquoi ne lui en demandais-je pas une? Mais la vie n'est pas si simple. Mon prochain rendez-vous chez le dentiste allait avoir lieu dans trois semaines. S'il découvrait une carie, cela voudrait dire que j'avais enduré six mois de torture pour rien, à utiliser le fil dentaire jusqu'à déchirer mes gencives, à me brosser les dents avec une force à me disloquer l'épaule! Je serais alors certain de ne jamais revoir une boule magique de ma vie.

Cédric a avalé péniblement sa dernière gorgée de jus de concombre, puis a soupiré :

— Je dois vous avouer que je suis inquiet au sujet du match de samedi. Ce sera difficile sans Alex. Et comment va-t-on se débrouiller avec Fragile? Mais surtout, c'est le reste d'entre nous qui m'inquiète. Les joueurs sont si déprimés! D'après moi, l'équipe n'est pas prête à fournir les efforts nécessaires pour remporter une victoire durant les séries.

— Peux-tu nous blâmer? s'est plaint Jonathan qui est

d'un naturel plutôt doux, mais que la situation touchait plus que les autres, Alexia étant sa sœur jumelle. Je propose qu'on ne se présente même pas samedi. Ça va leur montrer ce qu'on pense de leurs stupides éliminatoires.

— C'est exactement ce qu'ils espèrent, abruti! a dit Alexia en inversant le volume. Ils veulent se débarrasser de nous.

— On va se faire éliminer samedi de toute façon, a dit Benoît d'un air malheureux. Jonathan suggère simplement qu'on parte volontairement, en faisant un pied de nez à Fréchette et à la ligue.

— Oubliez ça, a répliqué Cédric. On leur fournirait tout simplement les armes dont ils ont besoin pour renvoyer les Flammes de façon permanente.

Le style de Boum Boum est de laisser ses joueurs discuter pendant un moment, avant de donner son opinion. J'ai monté le volume de mon magnétophone pour ne pas manquer un seul mot de son intervention.

— J'ai joué dans la LNH pendant 16 ans, a-t-il déclaré. Et jamais, au grand jamais, je n'ai pris part aux séries éliminatoires. Chaque fois que j'étais dans une patente gagnante, je me faisais échanger et me retrouvais en dernière place. Je peux juste vous dire une affaire : quand on a la chance de jouer dans les bébelles, on ne la rate pas.

J'ai vu l'expression des joueurs changer. Boum Boum ne parle pas beaucoup, et encore moins en français. Mais ses rares interventions vont directement au cœur du sujet.

— Vous avez raison, a dit Jonathan, penaud. Comment

va-t-on faire pour battre les Vaillants?

— Peut-être que Fragile pourrait saigner sur eux? a blagué Carlos.

Cédric a grogné :

— Qu'est-ce qu'on va faire avec lui? Il va se faire tuer sur la glace!

— En tout cas, je peux te dire une chose, a promis Benoît d'un air sombre. S'il dit encore une fois que tout le monde le déteste, je vais vraiment me mettre à le détester!

— Fichez la paix à Virgile, a dit Alexia d'un ton protecteur. Il est mignon. Je l'aime bien, moi!

— Bien sûr! s'est s'exclamé son frère d'une voix sarcastique. C'est pour ça que tu essayais de lui arracher la tête pendant l'exercice de mise en échec?

— Elle n'a pas eu besoin de le faire, il l'a fait tout seul! est intervenu Cédric.

— C'est vrai, a dit Boum Boum. Il a presque mangé son bâton. Je pensais qu'il était machin-chouette.

— Mort, a traduit sa femme, la bouche gonflée par son bonbon.

Carlos a trouvé ça bidonnant. Et de le voir glousser nous a fait éclater de rire. Pour la première fois depuis la réunion de la ligue, notre moral est remonté légèrement du trente-sixième dessous.

J'ai pensé à un titre : *L'espoir renaît*.

Cela m'a donné une idée.

⏐⏐⏐⏐⏐ _Chapitre 5_

L'autobus scolaire passait nous prendre chaque jour de la semaine à 8 h. Les pourris de Bellerive l'avaient baptisé _Pathfinder_, comme la mission de la NASA vers Mars. Mais pour une fois, je n'étais pas là pour entendre leurs blagues plates habituelles. Le lundi matin à 7 h, j'étais à bord de l'autobus de la ville. Ma destination : la bibliothèque municipale. Quand le concierge est arrivé pour ouvrir la porte, il m'a trouvé assis sur les marches.

Je n'avais aucune confiance en M. Fréchette. Je voulais voir le règlement de mes propres yeux.

Faire des recherches n'est pas mon aspect favori du travail journalistique. C'est trop ennuyeux. Toutefois, c'est important. Quand je travaillerai pour _Sports Mag_, j'aurai peut-être besoin de trouver des renseignements. Comme les records de buts de Wayne Gretzky, la taille et le poids de la Coupe Stanley ou encore l'année où le nombre de joueurs est passé de six à cinq (il y a très, très longtemps, il y avait un joueur supplémentaire, appelé le maraudeur, entre les deux défenseurs).

J'ai donc grimpé quatre volées de marches pour atteindre le vieux grenier qui sentait le renfermé et où étaient conservées les archives de la ville. Après des recherches interminables, j'ai finalement trouvé cette vieille loi ridicule sur les femmes et les bâtons.

La poussière et la rage m'ont fait suffoquer. Devinez l'origine de cette loi idiote? Il y a 120 ans, le mulet d'une femme s'était coincé dans la boue. Pour le déloger, elle avait utilisé un gros bâton comme levier. Mais le mulet était si lourd que la femme était morte d'épuisement. Cette loi visait donc à protéger les femmes et à les empêcher de se blesser en effectuant des travaux physiques exigeants. Elle n'avait jamais été modifiée et était donc toujours en vigueur. Voilà pourquoi, un siècle plus tard, Fragile remplaçait Alexia!

J'étais deux fois plus furieux qu'avant. Vous parlez d'une injustice! Heureusement, les Flammes ont leur propre journaliste. Je pouvais utiliser la section des sports de la *Gazette* pour exposer cette arnaque au grand jour.

Sauf que la prochaine *Gazette* ne sortirait qu'après les matchs de quart de finale qui avaient lieu la fin de semaine. Les Flammes devraient jouer sans Alexia et avec Virgile! À la sortie de mon article, l'équipe serait peut-être là où les pourris de Bellerive la voulaient : hors des séries! Parfois, un journal mensuel est pire que pas de journal du tout!

Il ne me restait qu'une chose à faire : aller voir le maire.

L'administration publique était responsable de ce règlement; elle pouvait donc l'annuler.

Je sais ce que vous pensez : comment un enfant peut-il obtenir un rendez-vous avec le maire? Eh bien, j'ai déjà été camelot et je savais où vivait le maire.

Toutefois, je ne savais pas qu'il faisait la grasse matinée le lundi matin. Je crois que je l'ai réveillé. Il a ouvert la porte en robe de chambre, et il n'avait pas l'air très content de me voir.

— J'espère que je ne vous dérange pas, monsieur Sénécal, ai-je dit. Beau pyjama, ai-je ajouté pour l'amadouer.

Il a étouffé un bâillement :

— J'ai toujours du temps à accorder aux jeunes de Bellerive.

— Heu, en fait, je ne vis pas à Bellerive, ai-je avoué. Je suis Tamia Aubin, de Mars.

— Oh! Mars, a-t-il grogné. Que puis-je faire pour toi?

Je lui ai parlé du règlement de 1887, et du fait qu'il empêchait Alexia de participer aux éliminatoires.

À ma grande surprise, il a très bien réagi. Il m'a invité à entrer et m'a offert un verre de jus d'orange pendant qu'il notait ma plainte dans son ordinateur.

— Je suis heureux que tu m'aies signalé ce problème, Tamia, m'a-t-il dit. Comme la plupart des villes, Bellerive a beaucoup de règlements désuets. Mais nous ne pouvons pas les annuler si des gens comme toi ne viennent pas nous en parler.

— Voulez-vous dire qu'il va être aboli? ai-je demandé avec espoir.

— Parfaitement, a-t-il répondu. Je vais mettre le processus en marche dès que j'arriverai au bureau.

— Génial! me suis-je exclamé. Alors, ça ne va pas prendre beaucoup de temps?

— Une fois que l'assemblée aura lieu, ce sera instantané, a dit le maire en souriant. Voyons, a-t-il ajouté en enfonçant quelques touches de son clavier. La prochaine assemblée aura lieu le 14 décembre, à 9 h.

Ma déception était si grande que je suis encore étonné de ne pas m'être écroulé sur le sol.

— Mais il sera trop tard pour les séries éliminatoires! Ce sera au milieu de la prochaine saison!

— C'est comme ça, l'administration publique, a-t-il gloussé. Il faut respecter certaines procédures.

J'ai baissé la tête. Dehors, il avait commencé à neiger. Le maire m'a tapoté le dos.

— Attends, je vais m'habiller et te conduire à l'école.

— Est-ce que je dois attendre une date d'assemblée? ai-je demandé d'un ton amer. Parce que, dans ce cas, aussi bien me conduire à la cérémonie de remise des diplômes!

Il a éclaté de rire. Je ne voyais pas ce qu'il y avait de si drôle.

Nous sommes arrivés à l'école au moment où les élèves descendaient de l'autobus.

— Où étais-tu, Tamia? m'a demandé Jonathan pendant que le maire redémarrait. Est-ce que c'était le maire

Sénécal? a-t-il ajouté en fronçant les sourcils.

J'ai soupiré.

— Rappelle-moi de ne jamais travailler pour la ville, ai-je répliqué. On ne peut rien faire avant qu'il soit trop tard.

Chapitre 6 ⎜⎜⎜⎜⎜

La fièvre des éliminatoires avait envahi le centre communautaire. Au moment de la mise au jeu, il n'y avait pas une seule place libre, ni même d'endroit où se tenir debout.

Les Marsois venaient toujours en grand nombre encourager les Flammes. Mais ce jour-là, les partisans de Bellerive étaient cinq fois plus nombreux. Des douzaines de flashs crépitaient dans les gradins. L'ambiance était à la fête. Le samedi des quarts de finale était toujours un grand événement.

Il y avait beaucoup de choses à noter pour un journaliste sportif. Mais c'est Alexia qui captait mon attention. Elle était debout près du banc des Flammes, droite comme un garde du palais. Mais au lieu d'un fusil, elle brandissait une vadrouille à long manche.

Malgré ma nervosité, je n'ai pas pu m'empêcher de l'applaudir. C'était le parfait pied de nez à l'intention de

M. Fréchette. Cette loi idiote disait qu'elle ne pouvait pas manier un bâton, mais les vadrouilles faisaient partie des objets permis.

L'arbitre a patiné jusqu'à elle.

— Que fais-tu avec une vadrouille? a-t-il demandé, dérouté.

— Je n'ai pas pu trouver de baratte, a-t-elle rétorqué en haussant les épaules.

Les Flammes ont entouré leur capitaine, la félicitant comme si elle venait de réussir un tour du chapeau. L'arbitre s'est éloigné en secouant la tête.

Boum Boum a tapé dans le dos d'Alexia.

— Tu vas nous manquer, ma fille!

Ah! ce qu'elle nous a manqué! Au cours des 60 premières secondes de la période d'échauffement, Virgile Norbert a encore mangé son bâton et nous avons eu droit à un autre bain de sang. Il y avait un tel dégât que les joueurs ont dû évacuer la patinoire et qu'on a ressorti la surfaceuse.

Jean-Philippe s'est penché par-dessus la bande, éperdu d'admiration.

— Regardez ce gars, a-t-il dit d'un air rêveur en désignant le conducteur. Il a de la chance! Je ne peux qu'imaginer ce qui lui passe par la tête en ce moment.

— Il se demande probablement comment autant de sang peut sortir d'un aussi petit nez, a commenté Benoît.

— Vous me détestez, hein? a gargouillé Fragile. Vous me détestez encore plus maintenant!

— On ne te déteste pas; on t'aime, lui a dit Alexia. Mais

les employés d'entretien, eux, te détestent.

Pendant que le nettoyage se poursuivait, l'entraîneur a scié 25 cm du bâton de Virgile.

Puis, après un délai d'attente de 20 minutes, la partie a commencé.

Avec son bâton raccourci, Virgile ne s'assenait plus de coups au visage. Mais comme joueur de hockey, il était à peu près aussi utile que de la crème solaire pour un ver de terre. Il était si petit que son chandail taché de sang pendait jusqu'à ses chevilles, comme une robe du soir. Ses manches étaient roulées tant de fois qu'il semblait porter des brassards de flottaison. Il ne patinait pas mal, mais n'allait pas très vite sur ses jambes courtes. Vraiment pas le genre de gars qu'on souhaiterait pour remplacer Alexia Colin. Et surtout pas contre l'équipe de l'Atelier de carrosserie Brunet.

Les joueurs des Vaillants étaient grands et solides. Ils avaient terminé en troisième place au classement, surtout grâce à leur style de jeu agressif. Leur capitaine était un homme des cavernes appelé Xavier Giroux, qui avait un seul point faible : il avait peur d'Alexia. J'étais catastrophé de voir son air joyeusement surpris en constatant qu'Alexia n'était pas en uniforme.

— Un à la fois, a-t-il promis à Cédric. Je vais vous broyer un à un sur la glace.

— Tu n'oserais pas dire ça si ma sœur jouait! a beuglé Jonathan.

— Vas-y, essaie donc! a raillé Alexia sur le banc.

Évidemment, dès la mise au jeu, Xavier a plaqué Cédric d'un coup de coude déloyal que l'arbitre n'a pas vu.

— Et de un! a lancé le capitaine des Vaillants après le coup de sifflet.

— Tu as eu de la chance, a dit Alexia en haussant les épaules.

Mais au prochain jeu, il s'est attaqué à Jean-Philippe. Après lui avoir coupé le chemin au cours d'une ruée vers la rondelle, il l'a violemment plaqué contre la bande.

— Et de deux! a-t-il dit en souriant.

Alexia a rejeté son commentaire d'un coup de vadrouille.

— Les Flammes n'ont pas peur d'un gros cornichon comme toi.

— Moi, j'ai peur d'un gros cornichon comme lui, a chuchoté Virgile.

Je pouvais comprendre Virgile. Alexia faisait tout pour faire enrager Xavier, et les joueurs devaient en subir les conséquences.

Sa prochaine victime a été Benoît. Xavier l'a frappé de côté, l'envoyant percuter le poteau du filet, puis s'est emparé de la rondelle.

Xavier était loin d'être un imbécile. Il était même un excellent joueur offensif. Il a fait une passe à son ailier gauche, qui a exécuté un lancer du poignet plutôt réussi. Jonathan a effectué un solide arrêt avec son gant bloqueur.

— Dégagez le machin! a beuglé Boum Boum.

— Le rebond! ai-je traduit.

C'était plus facile à dire qu'à faire. Aussitôt que le bâton de Kevin a touché la rondelle, paf! Xavier a écrasé Kevin dans le coin. Les Vaillants sont arrivés comme une nuée de sauterelles et ont écarté les Flammes du jeu. Xavier s'est mis en position devant le filet.

— Enlevez-le de là! s'est écrié Jonathan. Je ne vois pas la rondelle!

Mais même en unissant leurs efforts, Cédric et Jean-Philippe n'ont pas réussi à écarter le capitaine des Vaillants. Un défenseur a exécuté un lancer frappé cinglant de la pointe. Avec Xavier qui lui bloquait la vue, Jonathan n'avait aucune chance. C'était 1 à 0 pour les Vaillants.

— On vous a déjà battus, et on va recommencer! a lancé Xavier à la figure de Cédric.

Toutefois, ce n'est pas en se laissant impressionner par des brutes qu'on est élu trois fois joueur le plus utile à son équipe. La prochaine fois que Cédric a eu la rondelle, il a fait une feinte qui a pris Xavier par surprise.

— *Spinorama!*

J'ai crié mon idée de titre pendant que Cédric dépassait Xavier en trombe.

Pour empêcher ce qui promettait d'être une superbe échappée, Xavier n'a eu d'autre choix que d'avancer son bâton pour faire trébucher Cédric. Les partisans de Mars ont hurlé pour réclamer une punition.

La main de l'arbitre s'est levée :

— Deux minutes pour avoir fait trébucher l'adversaire!

Les Flammes se retrouvaient en avantage numérique.

Comment décrire le jeu de puissance des Flammes? Il n'était pas du tout conforme à la moyenne. L'élément le plus important a été Kevin, qui a sorti la rondelle de sa zone. Il a aperçu Jonathan, qui lui faisait signe d'attaquer de l'aile gauche, où la défense était plus faible.

Vous vous demandez probablement comment un gars peut mener une attaque en gardant l'œil sur son propre gardien, qui devrait normalement être derrière lui. C'est que Kevin est le meilleur patineur à reculons de toute l'histoire de la ligue Droit au but. Et comme il est incapable de patiner vers l'avant, toutes ses attaques se font à reculons. Pour se diriger, il regarde dans le rétroviseur collé à son casque. D'accord, il y a beaucoup de trucs bizarres au sein des Flammes, mais ça fonctionne, et c'est ce qui compte.

Juste avant la ligne bleue, Kevin a fait une passe à Benoît – ai-je mentionné que ce dernier ne patine que vers l'avant? Par contre, Benoît est le plus rapide patineur de l'équipe. Il est entré à toute vitesse dans la zone des Vaillants, entraînant leurs défenseurs hors de leurs positions.

Soudain, Cédric est arrivé derrière lui.

— Je suis à découvert!

Passe abandon. Lancer frappé!

Le gardien des Vaillants a plongé sur la rondelle, mais il était trop tard. Égalité, 1 à 1.

Un titre s'est inscrit dans ma tête. Je l'ai beuglé pendant les acclamations de la foule : *Premier but des Flammes en séries!*

Mais ce moment de bonheur n'a pas duré. Le but en avantage numérique a permis à Xavier de quitter le banc des punitions. Peu de temps après, le capitaine des Vaillants a mis Marc-Antoine en échec, d'un coup de hanche qui l'a projeté contre le poteau du filet.

— Et de cinq! a ricané Xavier.

— Et alors? a répliqué Alexia. Tu n'as pas encore eu Carlos!

Elle pensait probablement que ce dernier ne risquait rien. Carlos est le plus costaud des Flammes, et le deuxième meilleur plaqueur après elle. Mais cela n'a pas fait hésiter Xavier. Lors de la prochaine mise au jeu, il a chargé comme un rhinocéros en direction de Carlos, le rattrapant derrière le filet. Ce grand gaillard de Carlos a frappé la bande avant de rebondir par-dessus le filet et d'écraser Jonathan sur la glace. Notre gardien étant immobilisé, l'ailier des Vaillants n'a eu aucun mal à faire entrer la rondelle dans le coin supérieur du filet.

Les Vaillants avaient repris leur avance.

Chapitre 7

Le pointage était toujours 2 à 1 à la fin de la première période.

— Vas-tu arrêter d'agacer Xavier? a lancé Carlos à Alexia dans le vestiaire. Chaque fois que tu ouvres la bouche, l'un de nous se fait tabasser!

Alexia lui a jeté un regard dégoûté :

— Il faut bien que quelqu'un vous aide à vous défendre, puisque je ne suis pas sur la glace pour le faire!

— Pas de panique, est intervenu l'entraîneur Blouin avec son bon sens habituel. Nous ne sommes qu'à un truc derrière. Ma femme s'en vient avec son machin.

Comme nous savions que nous aurions du mal à jouer sans Alexia, nous avions demandé à Mme Blouin de s'asseoir dans la dernière rangée de gradins pour avoir une vue complète de la patinoire. Nous l'attendions pour qu'elle nous fasse son rapport.

Elle a fait une entrée remarquée. D'abord, son hot-dog

est arrivé. Il mesurait 45 centimètres et dégoulinait de moutarde et de ketchup. Elle le tenait en équilibre dans une main afin d'avoir l'autre libre pour tenir son lait frappé format géant. Rappelez-vous que cette femme avait auparavant l'habitude de grignoter des germes de haricot en guise de repas. Elle a dû se placer de côté pour que son hot-dog et son ventre puissent passer la porte. C'était une vision étonnante.

— Bon, a aboyé son mari. Fais-nous ton rapport.

— La moutarde n'est pas assez forte, a-t-elle dit d'un air pensif. Mais la relish maison est parfaite.

Nous l'avons dévisagée, mais personne, pas même Boum Boum, n'a eu le courage de lui poser une autre question.

La sirène a rappelé les équipes au jeu.

La deuxième période était l'occasion pour les Flammes de mettre les bouchées doubles, d'égaliser la marque, puis de terrasser les Vaillants. C'est du moins ce que j'ai enregistré dans mon magnétophone. Et nous aurions peut-être réussi si nous avions eu Alexia.

Dans les faits, nous avions Virgile, et il ne se faisait pas oublier. D'un point de vue défensif, il était complètement nul. Lorsque l'autre ailier s'emparait de la rondelle, Fragile était toujours aussi loin de lui qu'il était possible de l'être sans quitter l'aréna. Pour ce qui était de l'offensive, Virgile était pire que nul. Chaque fois que Cédric amorçait une attaque, ce petit maigrichon s'arrangeait toujours pour être dans ses jambes. Jean-Philippe a même trébuché sur lui. Un vrai danger public.

Sur le banc, Boum Boum a donné quelques conseils à Virgile.

— Quand on a la patente, reste dans ton cossin. Assure-toi que tu sais où sont tes zigotos.

La panique se lisait sur le visage de notre nouvel ailier.

Alexia a passé la deuxième période à agacer Xavier Giroux.

— Quel est ton problème, Xavier? a-t-elle chantonné. Je pensais que tu allais massacrer toute notre équipe. Aurais-tu peur?

Cela a enragé Xavier. Une minute plus tard, il a percuté Jean-Philippe, qui s'est écroulé au centre de la glace.

— Et de 10! s'est-il réjoui.

— Mais non! a ri Alexia. Tu l'avais déjà plaqué, lui. Tu es encore à neuf, espèce de raté!

Jean-Philippe s'est relevé et a patiné jusqu'à Jonathan.

— Peux-tu demander à ta sœur d'arrêter? s'est-il exclamé. Elle va nous faire tuer!

Jonathan a haussé les épaules :

— Laisse-la faire. Pense à quel point c'est dur pour elle de rester sur le banc.

— Facile à dire pour toi, s'est plaint Jean-Philippe. Tu ne risques rien. Xavier ne s'attaquera jamais au gardien.

Il se trompait. Au prochain jeu, le capitaine des Vaillants s'est précipité vers le filet. Sous les yeux de l'arbitre, il a fait semblant de trébucher. Il a glissé sur son fond de culotte jusque dans le but, heurtant Jonathan sous les genoux. Notre gardien s'est écroulé comme un sac de pommes de terre. Seul son masque l'a empêché de s'écraser la figure sur la glace.

Boum Boum a grimpé sur le banc. Sa queue de cheval était hérissée dans son dos.

— C'est une bébelle!

— Une pénalité! ai-je traduit.

L'arbitre a écarté nos protestations du revers de la main :

— C'était un accident.

— Ouais, un accident, a renchéri Xavier en souriant. Je suis vraiment maladroit.

Puis il a patiné jusqu'à notre banc, où il a lancé à Alexia :

— Et de 10!

Oh, que les Flammes étaient en colère! Il y a une règle tacite au hockey selon laquelle on ne doit laisser personne s'en prendre au gardien de but. J'ai remarqué que Cédric et Jean-Philippe talonnaient le capitaine des Vaillants, guettant l'occasion d'une mise en échec particulièrement énergique. C'était une erreur. Comme ils avaient délaissé leur position et que Virgile était encore au mauvais endroit, les Vaillants ont franchi la ligne bleue dans une attaque à quatre.

Toc! Un lancer frappé à partir de l'enclave. Jonathan n'a rien pu faire. L'équipe des Flammes tirait de l'arrière 3 à 1.

Le moral était au plus bas dans le vestiaire pendant la deuxième pause. Il semblait bien que l'histoire de l'équipe Cendrillon allait s'achever dans une finale abrégée. Il restait encore une période à jouer, mais tout le monde se comportait comme si le match était fini. Normalement, les joueurs auraient harcelé l'entraîneur, le suppliant de leur donner des conseils pour reprendre le dessus. Au lieu de cela, ils restaient assis sans mot dire, la mine dépitée.

Même Cédric avait l'esprit ailleurs.

— Tu sais, Alex, a-t-il dit à notre capitaine, tu ne nous as pas vraiment aidés, aujourd'hui.

Je pouvais presque entendre les rouages du cerveau d'Alexia se placer en mode inversé.

— Dis donc, Rougeau, tu es un vrai génie! Quel a été ton premier indice? Le fait que je n'avais pas de patins aux pieds?

— Tu sais ce que je veux dire, a-t-il grogné. Pourquoi as-tu provoqué Xavier? Tu l'as poussé à massacrer toute l'équipe.

Elle l'a regardé avec pitié :

— Quel est l'objectif d'une partie de hockey? Marquer des buts, non? Eh bien, si un gars court partout en essayant de plaquer tout le monde, qu'est-ce qu'il ne fait pas pendant ce temps-là?

Cédric lui a jeté un regard empreint d'étonnement et de respect.

— Es-tu en train de me dire que tu l'as fait exprès pour qu'il nous pourchasse, nous, au lieu de la rondelle?

— Exactement, le champion! Et si je ne l'avais pas fait, l'écart serait de cinq buts au lieu de deux.

Mme Blouin est entrée dans le vestiaire. Son hot-dog et son lait frappé géants avaient disparu. Elle était passée à l'étape du dessert. Il y avait une grosse bosse dans sa joue droite. Mais lorsqu'elle a tourné la tête, je me suis aperçu qu'il y avait une bosse identique dans sa joue gauche.

J'étais sidéré. Notre Mme B. tentait de relever le défi de deux bonbons durs à la fois! Même au sommet de ma carrière d'avaleur de bonbons durs, je n'avais jamais eu pareille audace! En matière de boules magiques, cela équivalait à traverser les chutes Niagara sur une corde raide!

— Écoutez, bande de zigotos! a aboyé l'entraîneur avant de se tourner vers sa femme. Fais-nous ton rapport.

Cette fois, elle avait vraiment des renseignements pour nous. Elle a déplié un morceau de papier et a commencé à lire :

— Grrbl vrr rmmm mommm flrr krrflntz vrrfl...

La morale de cette histoire : deux bonbons durs en même temps, c'est peut-être bon pour les papilles gustatives, mais c'est très mauvais pour l'art oratoire.

La sirène a retenti. Voilà. La troisième période. C'était un grand moment de journalisme. Les Flammes s'apprêtaient à jouer le tout pour le tout!

Chapitre 8

Xavier Giroux a passé la troisième période à patiner d'un joueur à l'autre en scrutant leurs masques. Je pense qu'il essayait de trouver lequel n'avait pas encore subi ses assauts. Chaque fois qu'il s'approchait d'un joueur, Alexia lui lançait :

— Pas lui! Tu l'as déjà plaqué!

Puis une chose incroyable s'est produite. Benoît a envoyé la rondelle derrière le filet des Vaillants, et leur gardien est sorti pour aller la chercher. Juste au moment où il faisait sa passe de dégagement, Xavier est passé devant lui. Je suppose qu'il essayait de voir si Marc-Antoine était sur la liste des « joueurs plaqués ». Peu importe la raison, la rondelle a rebondi sur la jambe de Xavier et a roulé doucement dans le filet désert.

C'était un hasard si extraordinaire que nous nous sommes à peine réjouis. Mais quel revirement de situation! L'équipe des Flammes, qui semblait fichue une minute plus tôt, ne tirait plus de l'arrière que par un but.

Sur le banc, Alexia a donné un coup de vadrouille sur le casque de Cédric.

— As-tu vu ça, le champion? a-t-elle dit d'une voix basse. C'était un cadeau du ciel. Maintenant, si tu ne vas pas sur la glace égaliser la marque immédiatement, je te conseille d'être sur tes gardes, parce que c'est à moi que tu vas avoir affaire!

— Tu me menaces? a dit Cédric, surpris.

— Et devant témoins! a répondu Alexia.

Je sais que ça semble excessif, mais j'ai enregistré cette conversation. Et le plus bizarre, c'est que tout s'est déroulé comme elle le voulait.

Cédric a remporté la mise au jeu avec un petit coup rapide du poignet. Il a fait glisser la rondelle entre les jambes de Xavier, puis a contourné son adversaire comme s'il exécutait une figure de danse carrée. Il a ensuite filé à la vitesse de l'éclair.

Je me suis levé d'un bond. Tous les partisans des Flammes en ont fait autant. Quand Cédric Rougeau est sur sa lancée, aucun joueur de la ligue ne peut s'en approcher. Et personne ne l'a fait. Il a déjoué le premier défenseur en maniant son bâton de façon magistrale. Le deuxième défenseur s'est écarté de son chemin sans attendre.

Cédric a effectué un lancer frappé court si bien ciblé que même Dominik Hasek n'aurait pas pu l'arrêter. La rondelle est entrée dans le coin supérieur du filet avec une précision mathématique.

— Égalité! me suis-je écrié, faisant grimper l'aiguille de mon magnéto au maximum.

Les partisans de Mars étaient déchaînés.

Je n'en croyais pas mes yeux. Ce devait être la première fois de l'histoire du hockey que quelqu'un était contraint par la menace de marquer un but égalisateur! Quel reportage d'intérêt humain pour *Sports Mag*, ou même la *Gazette*! Dommage que je n'aie pas eu le courage de l'écrire. Alexia m'aurait assassiné si je l'avais fait.

J'ai cru que Xavier Giroux allait piquer une crise. On distinguait à peine son visage rouge derrière sa visière embuée. Mais au lieu de se concentrer sur le jeu pour reprendre l'avance, il a consacré tous ses efforts à retrouver le onzième joueur, celui qu'il n'avait pas encore malmené.

Alexia l'asticotait sans relâche :

— Dix, ce n'est pas onze, lui a-t-elle rappelé d'un ton joyeux. Qu'est-ce qui se passe, Xavier? Tu ne peux pas finir ce que tu as commencé?

Le capitaine des Vaillants a poussé un grognement de frustration :

— Qui est-ce qui reste?

Alexia a agité son index comme une mère qui réprimande son bébé :

— Tss, tss! Je ne suis pas une rapporteuse!

Mais le dilemme de Xavier s'est résolu tout seul. Parce que, devant lui, est apparu tout à coup un garçon haut comme trois pommes, qui était empêtré dans un uniforme des Flammes trop grand pour lui et parsemé de taches de sang. C'était le onzième joueur, Virgile Norbert.

Même de mon siège derrière le banc des joueurs, j'ai pu voir les yeux de Xavier se fixer sur Virgile comme un missile à tête chercheuse.

Alexia a tenté de le prévenir :

— Virgile!

C'était inutile. Xavier était l'un des meilleurs joueurs de la ligue, alors que Fragile était le plus petit et le plus lent. Il n'avait aucune idée de ce qui l'attendait.

En trois puissantes enjambées, le capitaine des Vaillants s'est retrouvé derrière la fragile silhouette de Virgile. Le grand gaillard a abaissé son épaule, s'apprêtant à écrabouiller le pauvre garçon.

Mais il a raté son coup. Je ne peux pas expliquer comment, mais je peux vous décrire ce qui s'est passé. Xavier s'est jeté sur Fragile et est passé à travers lui, sans même le toucher. Boum! Je jure que l'édifice tout entier a tremblé lorsque Xavier a frappé la bande. Il a fallu arrêter l'horloge pour le ramasser à la petite cuillère.

Il n'était pas blessé, mais il avait le souffle si court qu'il n'allait pas pouvoir recommencer à respirer normalement avant le jeudi suivant. Selon les règlements de la ligue, il fallait le retirer du jeu.

L'entraîneur des Vaillants était horrifié :

— Ce n'est pas juste! Comment une équipe peut-elle jouer sans capitaine?

— Aucune idée! a répondu Alexia en écartant les bras.

Quant à Virgile, il avait finalement réussi à atteindre le

banc des Flammes. J'ai tendu mon micro sous son nez. Pouvait-il m'expliquer ce qui s'était passé?

— Oh, non! s'est-il lamenté. Maintenant, l'autre équipe aussi me déteste!

Boum Boum était surexcité.

— Ça y est! Ils ont perdu leur capitaine, eux aussi! Maintenant, c'est une patente équitable! Il nous reste 1 minute et 37 bébelles pour compter! a-t-il ajouté en jetant un coup d'œil à l'horloge.

Nos joueurs ont eu un regain d'énergie. Nous avons retrouvé les Flammes que nous connaissions et aimions tant. Benoît a mené une attaque avec rapidité et confiance. Les attaques à reculons de Kevin ont dérouté les défenseurs. Les avants ont multiplié les passes, créant plusieurs occasions de marquer. Jonathan était solide comme un roc devant le filet.

Il ne restait plus que 30 secondes de jeu. Je souhaitais un but, plus que tout au monde! Bien sûr, nous aurions une chance de compter en prolongation. Mais à ce moment précis, les Flammes dominaient le jeu. C'était notre meilleure chance d'écraser les Vaillants avant qu'ils se ressaisissent.

Puis l'équipe adverse a pris les Flammes au dépourvu, au beau milieu d'un changement de trio.

— Retournez-y! a crié Boum Boum.

Mais il était trop tard. Notre première ligne d'attaque n'était pas en position.

D'un geste héroïque, Cédric a freiné subitement, avant

de plonger vers le joueur en possession de la rondelle, dans une tentative désespérée de le harponner. La rondelle s'est dégagée et a roulé jusqu'à Virgile, qui l'a regardée comme s'il s'agissait d'une grenade dégoupillée. Après tout, c'était la première fois qu'il s'en approchait de toute la partie, et il ne restait que 15 secondes de jeu.

— Frappe-la!

Ce cri a jailli de ma bouche, ainsi que de celle de l'entraîneur et de la moitié des joueurs.

C'est ce qu'il a fait, d'un coup bizarre et maladroit qui a fait glisser la rondelle, au ralenti, vers le coin de la patinoire.

Vous auriez dû voir la ruée! Tous les joueurs ont délaissé leur position et se sont précipités vers la rondelle. Les deux équipes se sont entassées dans un entrechoquement de bâtons.

Huit secondes... sept... six...

Le grand Carlos s'est libéré de la mêlée en entraînant la rondelle. Il a cherché son centre des yeux. Mais tout ceci se déroulait au milieu d'un changement de trio bâclé. Marc-Antoine était toujours sur le banc. Le seul centre sur la glace était Jean-Philippe, qui faisait partie de l'autre trio.

— Par ici! a-t-il lancé en frappant la glace de son bâton.

Quatre... trois... deux...

Carlos lui a fait une passe tout en finesse. Jean-Philippe ne l'a même pas arrêtée, car il ne restait pas assez de temps. D'un coup solide, il l'a fait entrer dans le filet adverse, à côté du gardien des Vaillants, une fraction de seconde avant la fin du match.

Pointage final : 4 à 3 pour les Flammes.

L'équipe de Mars passait au deuxième tour.

Chapitre 9 ⅼⅼⅼⅼⅼ

— Qui a volé Mars? a demandé M. Pincourt, notre enseignant de sciences.

Il parlait de la planète, pas de la ville. Nous étions rassemblés devant la maquette du système solaire. Mercure, Vénus, et toutes les autres planètes s'y trouvaient, sauf une. La quatrième orbite ne contenait qu'une banane.

Des gloussements et des ricanements ont fusé. Les pourris de Bellerive pensaient qu'il n'y avait rien de plus amusant que de se moquer de Mars. Et nous, les Marsois, n'avions d'autre choix que d'endurer ces idioties.

Rémi a donné un coup de coude à Olivier, qui a levé la main.

— Monsieur Pincourt, est-ce que ce n'est pas Mars, là-bas? a-t-il demandé.

Il désignait l'arrière du laboratoire. En effet, la planète rouge était là, pendue à une corde. Elle était criblée de petits trous. Une longue flèche ornée de plumes la transperçait. Des bâtons de dynamite factices y étaient attachés. Le tout reposait sur une chaise électrique miniature. Une pancarte écrite à la main proclamait : LES CHANCES DE MARS AUX ÉLIMINATOIRES.

Rémi et Olivier se sont mis à applaudir. M. Pincourt a même eu un petit gloussement. Le seul Marsois qui a ri était Carlos, mais il s'est arrêté quand Alexia lui a enfoncé la banane dans la bouche.

Cédric a pris notre défense :

— La dernière fois que j'ai vérifié, les Flammes allaient affronter les Requins en demi-finale. Nos chances ne sont pas si mauvaises, après tout!

— Ne te fais pas d'illusions! a rétorqué Rémi. Aucun Martien ne mettra sa main d'extraterrestre sur la Coupe Fréchette, je te le garantis!

— Et moi, je te garantis que c'est vous qui allez vous retrouver les mains vides!

C'était la voix d'Alexia, plus basse que jamais. Mais tout le monde l'a entendue.

Je voyais bien que Rémi et Olivier étaient sûrs d'eux. Et ils avaient toutes les raisons de l'être. Après notre match, ils avaient défait les Étincelles 7 à 1. Cinq de ces sept buts avaient été marqués par Rémi Fréchette.

— Tu vas perdre ton titre de joueur le plus utile, Rougeau, a dit Rémi. J'ai suivi le stage de Wayne Gretzky pendant la semaine de relâche.

— Tu veux dire le stage où on apprend à devenir une grande gueule? a dit calmement Alexia.

Olivier l'a fusillée du regard :

— Tu as du culot pour une fille qui a été renvoyée de la ligue!

— J'ai eu trois cours privés avec Wayne Gretzky lui-même! a insisté Rémi. Il m'a aidé à perfectionner mon lancer du poignet.

Je parie que Cédric mourait d'envie de riposter : « Et alors? » Mais cinq buts dans un match en séries, c'était suffisant pour appuyer ces vantardises.

— Aujourd'hui, nous commençons un module d'astronomie, a dit M. Pincourt. Certains d'entre vous ont le goût de faire des blagues parce que la ville voisine s'appelle Mars. Mais maintenant que vous vous êtes bien amusés, essayez de garder votre sérieux, d'accord?

Vous pouvez imaginer ce qui s'est passé. Personne n'a gardé son sérieux. Chaque fois que le mot Mars était prononcé, quelqu'un lançait un beuglement d'orignal. Et ce n'était pas seulement ce mot qui déclenchait les rires. Ces idiots rigolaient en entendant les termes : planète, orbite, astéroïde, étoile, nébuleuse, satellite et même nuage!

— Vous exagérez! ai-je explosé. Vous avez aussi des nuages à Bellerive!

— En fait, a lancé la voix flûtée de Virgile Norbert, il n'y a aucune raison d'associer les nuages à Mars. La Terre est une planète bien plus nuageuse.

Un silence stupéfait a accueilli ses paroles. Je me suis retourné pour dévisager Fragile. Était-ce là sa façon de prendre la défense de Mars? Ou alors, il n'avait rien compris, comme d'habitude!

M. Pincourt en avait assez :

— Pourriez-vous vous concentrer sur le cours, s'il vous plaît? Quand on entend la même blague des centaines de fois, elle finit par ne plus être drôle.

Essayez de faire comprendre ça aux tarés de Bellerive. Les cris d'orignaux et les hennissements ont cessé. Mais chaque fois que M. Pincourt prononçait le mot Mars, je recevais des boulettes de papier imprégné de salive ou du papier chiffonné sur la tête.

Je faisais mine de les ignorer. Je ne m'occupais pas davantage de M. Pincourt. J'avais des choses plus importantes à faire. Le prochain numéro de la *Gazette* allait paraître le mercredi suivant. Je voulais écrire un article qui dénoncerait la ligue Droit au but de Bellerive et sa vieille loi de 1887. Les officiels ne pourraient plus garder Alexia à l'écart des séries. Quand les gens liraient mon article, ils seraient aussi indignés que moi. J'avais déjà mon titre :

IL N'Y A PAS DE JUSTICE
par Clarence « Tamia » Aubin
journaliste sportif de la *Gazette*

Je savais que mon plus grand défi serait de faire comprendre à tout le monde à quel point cette vieille loi était ridicule. Alors, j'ai mis le paquet :

La loi empêchant les femmes de tenir des bâtons n'a rien à voir avec le hockey. Les responsables de la ligue Droit au but de Bellerive veulent se débarrasser d'Alexia Colin parce qu'ils redoutent le trop grand succès des Flammes.

Ils sont irrités parce que l'équipe de Mars fait partie des séries au terme de sa toute première année dans la ligue.

On ne peut pas laisser la ligue agir ainsi. Même le maire de Bellerive estime qu'il s'agit d'une loi désuète. Le prochain match des Flammes aura lieu samedi. Téléphonez à M. Fréchette. Son numéro ne figure pas dans l'annuaire, alors le voici : 555-8406. C'est à vous de ramener Alexia Colin sur la glace, là où elle devrait être...

J'ai terminé la rédaction de mon article juste avant la cloche. J'étais plutôt fier de moi. Je me disais que quelques centaines d'appels téléphoniques aideraient à donner une leçon à M. Fréchette.

J'ai gravi les marches trois à la fois et ai intercepté Mme Spiro à quelques pas de la salle des enseignants. Elle est la rédactrice en chef de la *Gazette*, ainsi que mon enseignante de français.

— Voici mon article! Il est prêt! ai-je dit, tout essoufflé. On peut l'imprimer quelques jours plus tôt. Comme ça, tout le monde pourra le lire avant la fin de semaine.

Elle a jeté un coup d'œil rapide sur ma feuille. Puis elle s'est mise à lire le texte en fronçant les sourcils.

— Clarence, je ne peux pas publier ça.

— Mais il le faut! l'ai-je suppliée. C'est la seule façon d'obtenir justice!

Elle a soupiré.

— Clarence, tu ne peux pas accuser quelqu'un sans preuve, publier son numéro de téléphone et encourager les gens à le harceler! C'est illégal.

— Vous avez toujours dit qu'un bon journaliste devait se porter à la défense de causes justes, ai-je protesté.

Elle devait avoir hâte de boire son café, car elle s'est impatientée :

— Si tu écris un texte convenable, il paraîtra dans la *Gazette* de ce mois-ci. Sinon, nous irons sous presse sans section sportive. Est-ce que c'est clair?

Voilà le problème avec les enseignants. Quand ils parlent devant toute la classe, c'est un monde idéal. Mais lorsqu'il s'agit de la vraie vie, on n'a jamais le droit de faire quoi que ce soit.

J'étais si furieux que je me suis mis à arpenter le couloir en parlant tout seul. Comment pouvais-je écrire un gentil petit article disant qui avait joué contre qui, et qui avait marqué? Ce serait faire abstraction de la plus grande arnaque de l'histoire de la ligue. Ça équivaudrait à dire qu'une maison a de jolis rideaux roses en négligeant de mentionner qu'elle est en train de brûler!

De plus, il m'était impossible de publier cet article à l'insu de Mme Spiro. Cette femme est si préoccupée par le gaspillage de papier qu'elle relit les textes un million de fois avant l'impression.

Qu'est-ce que je pouvais faire?

Chapitre 10 ＼＼＼＼＼＼

Le prochain entraînement des Flammes avait lieu au centre communautaire le mardi, après l'école. C'était une autre mesquinerie de M. Fréchette. Il nous avait alloué la période de 15 h 30 à 16 h 30. Mais comme la cloche de l'école ne sonnait qu'à 15 h 30, nous perdions beaucoup de temps à nous rendre là et à enfiler nos uniformes.

Nous avions donc élaboré un système. À 15 h 25, tous les joueurs des Flammes demandaient la permission d'aller aux toilettes. Ils attrapaient leurs sacs dans leur casier, revêtaient leur uniforme dans les toilettes (à l'exception des patins) et attendaient la fin des classes. Dès que la cloche sonnait, c'était une course effrénée vers la sortie. L'entraîneur nous attendait devant l'école, dans le camion de livraison. Nous nous entassions à l'arrière, et Boum Boum démarrait sur les chapeaux de roues, en direction du centre communautaire. Je sais que ça semble ridicule, mais c'était la seule façon de profiter au maximum de notre heure d'entraînement.

Cet après-midi-là, c'était la première fois que Virgile participait à ces préparatifs frénétiques. J'imagine qu'on avait oublié de lui mentionner que le camion était rempli de sacs d'aliments naturels. Il a plongé tête première et s'est écrasé la figure dans un sac de 20 kilos de muesli.

Quand le camion s'est arrêté devant le centre communautaire et que Boum Boum a ouvert les portes arrière, il a aperçu toute son équipe couverte de sang et de céréales.

— Virgile a encore mangé son bâton? s'est-il exclamé, horrifié.

— Non, a répondu Alexia. Juste du muesli.

— Maintenant, même l'entraîneur me déteste, a gargouillé Virgile.

Les joueurs venaient de mettre le pied sur la glace quand Alexia a levé la main :

— Monsieur, est-ce qu'on pourrait commencer par un exercice de plaquage?

Boum Boum a réfléchi.

— Pourquoi pas? D'accord, les avants à gauche, les machins à droite...

Alexia l'a interrompu :

— Je voulais dire un exercice spécial de plaquage. Une sorte d'expérience. Juste Virgile et moi.

Oh! oh!

Boum Boum devait penser comme moi, car il a répondu d'un ton circonspect :

— Heu, je ne crois pas que ce soit une bonne patente. Après tout, Virgile n'a pas l'expérience, ni les machins-trucs...

— Alex, ce n'est pas sa faute, ce qui est arrivé, a renchéri Jonathan.

— Je me porte volontaire pour ton expérience, a ajouté Cédric. Prends-moi comme cobaye.

— Avez-vous fini? a dit Alexia d'un ton dégoûté.

— Mais Alex... a insisté Boum Boum.

C'est Fragile lui-même qui a réglé la question.

— Ça va, monsieur, a-t-il dit courageusement. Je dois le faire. Sinon, les autres me détesteront pour toujours.

Il s'est mis à patiner dans un drôle de style courbé, en poussant la rondelle avec son bâton. Alexia s'est approchée en deux coups de patins et a abaissé son épaule pour une mise en échec foudroyante.

— On va avoir besoin de la surfaceuse, a marmonné Jean-Philippe.

— De deux surfaceuses! a renchéri Carlos.

Je l'avoue. J'ai fermé les yeux.

Quand je les ai rouverts, Alexia était étendue à plat ventre et glissait sur la glace pendant que Virgile la dépassait en haletant.

— Elle a raté son coup, a chuchoté Benoît, incrédule.

— Alexia ne rate jamais son coup! a ajouté Jonathan, les yeux ronds.

Alexia s'est relevée tant bien que mal.

— Allez, on essaie encore, a-t-elle dit d'une voix basse.

62

Alors, ils ont recommencé. Cette fois, elle s'est mise en position pour le plaquer d'un coup de hanche qui aurait envoyé voler n'importe quel joueur dans les airs. Mais, inexplicablement, Fragile a réussi à l'éviter de justesse.

— Ça alors, je n'en crois pas mes bidules! s'est exclamé Boum Boum, stupéfait.

Finalement, Alexia a foncé sur Virgile comme si elle avait l'intention de l'aplatir comme une crêpe, mais elle est passée par-dessus lui! Il était si courbé qu'elle n'a même pas effleuré son casque.

Virgile s'est tourné vers l'entraîneur avec une expression perplexe.

— C'est pour quand, la mise en échec?

Nous étions estomaqués. J'étais sûr qu'Alexia cracherait du feu. Mais non. Quand elle s'est approchée, elle avait un sourire fendu jusqu'aux oreilles.

— Je le savais! s'est-elle écriée. C'est pour ça que Xavier a raté sa mise en échec dans le dernier match. Virgile est impossible à plaquer!

— Mais voyons, ça ne se peut pas! a répliqué Benoît.

— Essayez vous-mêmes, a riposté Alexia.

C'est ce qu'ils ont fait. Un par un, tous les joueurs de l'équipe se sont attaqués à Virgile. Ils ont obtenu les mêmes résultats que Xavier et Alexia. Même Boum Boum a essayé. Un joueur de la LNH! Mais il s'est presque évanoui en se frappant la tête sur la porte du banc des punitions.

Les joueurs étaient déconcertés. Selon Alexia, c'était la taille de Virgile qui expliquait ce phénomène. Cédric soutenait que c'était son style de patinage courbé. Jonathan croyait que Virgile était si peureux qu'il avait un instinct naturel pour esquiver les coups à l'approche du danger.

Peu importe la raison, un joueur impossible à plaquer était sûrement un atout pour une équipe de hockey – même si le joueur en question était nul pour toutes les autres manœuvres.

— Virgile! a crié l'entraîneur, encore étourdi après sa collision. Viens ici avec les autres zigotos.

Virgile s'est approché lentement, d'un air accablé.

— J'ai tout raté, hein?

— Non, tu n'as rien raté, a répondu patiemment Boum Boum.

— En fait, a ajouté Alexia, ton rôle dans cette équipe vient de prendre beaucoup d'importance.

Nous avons invité Virgile à partager notre collation au magasin d'aliments naturels. Mais une fois encore, il a refusé de nous accompagner.

Cédric a deviné pourquoi.

— Virgile, personne ne te déteste. Tu n'as pas remarqué que l'entraîneur a passé toute la période à travailler avec toi?

— Oui, a dit Virgile en hochant tristement la tête. Je vous ai enlevé votre entraîneur pendant une heure. Je cause toujours des problèmes.

Impossible de discuter avec Fragile. Parfois, je pense qu'il veut qu'on le déteste. De toute façon, il y avait des hamburgers aux courgettes au menu. Le pauvre garçon faisait donc bien de rentrer chez lui.

La nourriture était déjà sur la table, fumante et dégoûtante, quand nous sommes arrivés au magasin. La belle Mme Blouin – qui s'arrondissait un peu plus chaque jour – nous a accueillis à la porte. Elle se dirigeait vers la benne à ordures avec un énorme sac à provisions.

Voilà qui prouve à quel point un journaliste est concentré quand il prépare un scoop : j'ai presque manqué le bruit d'entrechoquement caractéristique qui sortait du sac. J'ai couru derrière elle et l'ai rattrapée à un centimètre de la benne à ordures.

— Non, madame Blouin! Vous n'allez pas jeter ces boules magiques?

— Je sais, Tamia, a-t-elle dit en secouant la tête. Mais je dois m'en débarrasser.

— Mais pourquoi? ai-je gémi.

— J'avais un rendez-vous chez le dentiste aujourd'hui. Figure-toi que j'ai une carie! Je n'avais pas eu de carie depuis mon enfance. Mon dentiste dit que c'est à cause de ces bonbons.

Les boules magiques causent des caries. Tiens, tiens.

Puis elle a offert au renard les clés du poulailler.

— Veux-tu les avoir, Tamia? a-t-elle demandé en me tendant le sac.

J'aimerais pouvoir dire que ce sont ses beaux yeux bruns qui m'ont convaincu. Mais le fait est que j'aurais accepté ces boules magiques de la part du plus affreux babouin de la jungle. Pensez-y, des boules magiques! Elles faisaient autant partie de moi que mes oreilles!

Oui, je sais. Je ne pouvais pas en manger une seule. J'avais un rendez-vous chez le dentiste, moi aussi, dans moins de deux semaines. La pression se faisait sentir. Si le dentiste trouvait la moindre indication que j'avais mangé une boule magique, ma mère monterait sur ses grands chevaux. Mais pouvais-je pour autant laisser ces bonbons finir dans une poubelle? Pas question! Quand le Dr Meunier aurait terminé ce qu'il avait à faire, j'avais bien l'intention de passer à travers ce sac jusqu'à ce qu'il soit vide.

Après la réunion, j'ai dissimulé ma réserve de bonbons sous mon chandail. Je n'ai eu aucun problème à la faire entrer dans la maison à l'insu de ma mère. Elle avait les yeux fixés sur le téléviseur et non sur son fils, qui semblait être en état de grossesse, tout comme Mme Blouin. Une fois dans ma chambre, j'ai enfoncé le sac dans un tiroir et j'ai disposé tous mes sous-vêtements de la semaine par-dessus.

J'avais cependant fait une petite erreur de calcul. J'allais devoir vivre avec toutes ces boules magiques – dans ma chambre! – pendant plus de deux semaines. Si je me laissais tenter – même en léchant un millimètre carré d'un seul bonbon – je savais que je ne pourrais plus m'arrêter de les manger!

Il fallait que je sois raisonnable. Et je n'étais pas très doué pour ça.

Je ne sais pas comment j'ai réussi à dormir cette nuit-là. Je vous jure que mon tiroir à sous-vêtements luisait dans le noir. Bon, d'accord, je sais qu'il ne luisait pas vraiment. Mais à la seule pensée que ces bonbons étaient là-dedans, que je pouvais en avoir un, deux, cinq, cent... J'en crevais!

Moins je pouvais dormir, et plus je pensais à ma conversation de la veille avec Mme Spiro. Je me sentais plus frustré que jamais. Elle refusait de publier mon article, simplement parce que j'y exposais la mesquinerie de M. Fréchette et que je donnais son numéro de téléphone privé. La ligue allait donc pouvoir nous arnaquer impunément, sans susciter la moindre protestation.

La liberté de presse, laissez-moi rire!

J'ai serré les mâchoires. Bien sûr, Tamia Aubin, l'élève, devait obéir à Mme Spiro. Mais j'étais un journaliste avant d'être un étudiant.

Comment pourrais-je publier mon article à son insu? Elle lisait toujours le journal en entier avant de me donner le feu vert pour l'impression. Dommage que je ne puisse pas embaucher un hypnotiseur pour lui faire croire que mon article était une liste inoffensive de pointages et de faits saillants. Y avait-il un autre moyen?

Tout à coup, j'ai trouvé une solution.

Chapitre 11 \\ \\ \\ \\ \\

Le lendemain matin, le téléphone a sonné pendant que je m'habillais. J'ai dû décrocher au même moment que ma mère, car elle ne savait pas que j'écoutais.

Ce n'est pas que je voulais l'espionner, mais mon instinct de journaliste m'a poussé à rester en ligne. Que voulez-vous? Mes oreilles ont du pif pour les exclusivités.

— Bonjour, madame Aubin. Ici le Dr Meunier.

C'était le dentiste!

— Madame Aubin, je ne voudrais pas me mêler de ce qui ne me regarde pas, mais je dois vous mettre au courant : une de mes patientes m'a informé qu'elle a donné un sac de boules magiques à votre fils.

J'en ai presque échappé le téléphone. La plupart des gens ont un dentiste qui se contente de réparer les dents. Le mien se prend pour Sherlock Holmes.

Il fallait agir, et vite! J'ai sorti le sac de bonbons du tiroir, l'ai lancé sur le lit et l'ai enveloppé dans ma couverture. Puis j'ai arraché le lacet de mon soulier droit et je m'en suis servi pour ficeler le tout avant de jeter le paquet par la fenêtre.

Je me suis empressé de m'habiller, puis je suis descendu en tentant de me faufiler hors de la maison.

— Clarence!

Vous ne me croirez jamais. Elle m'a fouillé! Elle a commencé par m'examiner des pieds à la tête, puis a scruté le contenu de mon sac à dos comme une douanière. Ma propre mère! Si je n'avais pas été coupable, j'aurais été vraiment insulté!

Ensuite, elle m'a regardé dans les yeux en disant :

— Clarence, aurais-tu quelque chose à me dire?

J'ai fait l'innocent :

— C'est une journée importante à l'école. On imprime la *Gazette* aujourd'hui.

Elle m'a laissé partir. Aussitôt que j'ai franchi la porte, je l'ai vue se diriger en haut pour fouiller ma chambre.

Je me suis précipité dans le jardin pour ramasser mon paquet de boules magiques. J'étais plutôt fier d'avoir réagi aussi rapidement. Si je n'avais pas sorti ces bonbons de la maison, ils auraient été réduits en poussière!

J'ai attrapé l'autobus de justesse. Je ne devais pas être en retard ce jour-là. J'avais beaucoup de travail à faire pour que le journal paraisse à temps.

En arrivant à l'école, j'ai couru à mon casier pour y mettre mon paquet de bonbons. Puis je me suis dirigé vers la salle d'informatique où j'ai choisi un ordinateur. J'ai commencé à taper :

LE DÉBUT DES SÉRIES
par Clarence « Tamia » Aubin
journaliste sportif de la *Gazette*

La fin de semaine dernière a eu lieu le premier tour des éliminatoires de la ligue Droit au but de Bellerive...

J'ai nommé les équipes gagnantes et les pointages. J'ai indiqué quelles équipes allaient s'affronter dans les demi-finales du samedi suivant. Rien de plus.

Une fois l'article terminé, je suis allé le montrer à Mme Spiro.

Elle m'a souri :

— Clarence, tu m'impressionnes. Tu fais preuve d'une grande maturité. Tu peux aller imprimer le journal.

— Merci, ai-je dit d'un air sérieux.

Je me suis dirigé vers le bureau du journal. Le disque contenant le reste des articles se trouvait à côté du clavier.

J'ai détruit mon dernier texte et ajouté au disque le véritable article – celui qui accusait M. Fréchette.

Mme Spiro ne saurait jamais qui était le responsable. Heu... elle le devinerait probablement, mais à ce moment-là, le journal serait imprimé et tout le monde en aurait un exemplaire.

C'était un bon plan, audacieux et digne d'un véritable journaliste. Et il aurait fonctionné si elle n'était pas entrée juste au moment où les premières pages sortaient du photocopieur.

En une fraction de seconde, son regard est tombé sur le numéro de téléphone de M. Fréchette. Je suppose que ce n'était pas une bonne idée de l'avoir mis en caractères gras.

Je m'attendais à ce qu'elle se mette à crier. Mais elle s'est contentée de dire :

— Sors d'ici, Clarence.

— Mais, madame Spiro...

— Je t'ai dit que tu ne pouvais pas imprimer cet article, a-t-elle déclaré d'un ton sévère. Tu m'as désobéi. J'ai souvent fermé les yeux sur tes bêtises, mais maintenant, c'est terminé. Tu ne travailles plus pour la *Gazette* de l'école élémentaire de Bellerive. Tu es congédié.

J'ai eu l'impression de recevoir un coup de poing dans le ventre de la part d'un champion de boxe. Être journaliste, ce n'est pas seulement une activité; c'est ma raison d'être. Si je ne pouvais plus être journaliste, je n'étais plus Tamia Aubin.

Dépouillé de mon identité, je suis sorti du bureau de la *Gazette*.

Chapitre 12 ||||||

Je n'avais pas le courage de dire à l'équipe que j'étais renvoyé du journal. J'ai apporté mon magnétophone au centre communautaire, pour les demi-finales du samedi. J'ai pris des notes, j'ai « enregistré » les bruits de la foule. Jean-Philippe m'a même convaincu d'interviewer le conducteur de la surfaceuse au sujet de l'entretien de la glace. Mais il n'y avait pas de cassette ni de piles dans le magnétophone. Je me sentais aussi vide que mon appareil. Tamia Aubin, journaliste, était chose du passé.

L'équipe n'avait cessé de me harceler les deux jours précédents. Et ça continuait.

— Hé, Tamia! a lancé Cédric. Il n'y a pas de section de sports dans la *Gazette* ce mois-ci?

— Il n'y avait pas assez de place, ai-je menti.

— Qu'est-ce que tu dis là? a-t-il répliqué. Il y avait une page vide à la fin!

Heureusement, je n'ai pas eu besoin de répondre, car

Cédric a été appelé au centre de la patinoire pour la mise au jeu. Mais j'ai remarqué qu'Alexia me lançait un regard curieux.

Les adversaires des Flammes étaient les Requins du restaurant Le Corsaire, qui occupaient le deuxième rang du classement. Ils n'avaient perdu que trois matchs durant la saison, dont deux aux mains des Pingouins. Ils excellaient dans tout : ils avaient de bons plaqueurs, des patineurs rapides, des défenseurs robustes et un gardien solide. Dans la ligue, ils étaient craints, mais respectés. Les Requins étaient de bons gars.

Ils n'étaient pas forts en gueule comme Rémi Fréchette ou Xavier Giroux. Heu... sauf un, mais ce n'était pas un joueur : c'était Roger Distel, propriétaire du restaurant Le Corsaire et commanditaire des Requins. Son équipe lui tenait vraiment à cœur. Pour chacun des matchs, il se déguisait en requin et sautait sur son siège en s'époumonant :

— Allez, les Requins! Patinez! Ils sont pourris, vous allez les écraser! Lancez! Il n'y a pas de gardien! Hé, l'arbitre, es-tu aveugle? C'était hors-jeu! Foncez dans le tas, les gars!

Vous voyez le genre. Il était aussi détestable que possible, avec sa grosse tête sortant de sa gueule de requin et sa nageoire oscillant devant la figure du spectateur derrière lui.

— Hé, regardez donc ce zouave! a dit Boum Boum en souriant.

C'était justement le problème. Les Flammes regardaient Roger Distel au lieu de jouer au hockey. Rappelez-vous que nous avions affaire aux Requins, des spécialistes de l'offensive. Ils savaient comment profiter des moments de distraction de l'adversaire. En quelques minutes, ils avaient pris l'avance avec deux buts.

Boum Boum était furieux :

— Vous vous laissez distraire par un gars qui n'est même pas sur la patente! s'est-il écrié. Concentrez-vous sur le cossin!

— D'accord, a promis Cédric.

Au même moment, Roger Distel a poussé un cri qui ressemblait au sifflement d'un bateau à vapeur. Carlos riait tellement que l'ailier des Requins lui a ôté la rondelle aussi facilement que s'il enlevait un bonbon à un bébé.

Toc! Jonathan a dû réagir vite pour bloquer son lancer frappé court.

Les Flammes ont fait des efforts. Vraiment. Mais comment se concentrer sur le jeu quand quelqu'un hurle :

— Vous êtes des requins, des tueurs sous-marins! Ces gars sont des bâtonnets de poisson, des galettes de crabe, des brochettes de crevettes!

Cet homme était un vrai clown d'attraction foraine! Les Flammes riaient encore en entrant dans le vestiaire pour la première pause.

— Tu parles d'un machin-truc! a fulminé Boum Boum, ses yeux de mante religieuse balayant ses joueurs penauds pour se poser sur sa nouvelle recrue.

— Virgile! Qu'est-ce qui s'est passé? Tu étais supposé remonter avec la bébelle!

— La rondelle, a traduit Alexia.

— Vous voulez dire maintenant? a demandé Fragile d'un air perplexe.

— Évidemment, maintenant! a explosé Boum Boum. Ce sont les éliminatoires! C'est maintenant ou jamais!

— Tu ne te souviens pas de l'entraînement? a dit patiemment Cédric.

— Bien sûr que je m'en souviens, a répliqué Virgile. Mais je ne pensais pas que je devais faire ça pendant un match!

Boum Boum s'est arraché le peu de cheveux qu'il lui restait.

— Quand pensais-tu le faire? Pendant un mariage?

À la deuxième période, Fragile a donc répété ce qu'il avait appris durant l'entraînement. Jonathan a fait dévier un rebond dans sa direction, puis notre jeune recrue a remonté l'aile droite aussi vite que le lui permettaient ses petites jambes. Il avait l'air si inoffensif, si désarmé, que les Requins n'ont même pas essayé de le plaquer. Il a traversé la ligne rouge à une vitesse inégalée – ce qui, dans son cas, n'était pas très rapide.

— Allez, les Requins! a beuglé Roger Distel. Ce gars ne sait même pas patiner! Frappez-le!

Trois joueurs des Requins ont tenté de le plaquer. Le premier a trébuché sur lui. Le deuxième est passé complètement à côté. Et le troisième s'est presque tué en tombant dans la foule après avoir passé par-dessus la bande.

Les Flammes ont alors mené une attaque à trois contre deux.

Cédric a frappé son bâton sur la glace :

— Par ici!

Virgile lui a jeté un regard ébahi. Il savait qu'il devait patiner avec la rondelle, mais il ne s'était pas entraîné à faire des passes.

Finalement, Jean-Philippe a fondu sur son propre coéquipier :

— Donne-moi la rondelle!

— Mais l'entraîneur a dit...

— Donne-moi la rondelle!

Jean-Philippe a fait une passe à Cédric, qui a traversé la ligne bleue avec un seul défenseur devant lui. Il a levé son bâton pour feindre un lancer frappé, puis a contourné le défenseur comme s'il n'était pas là. Après une feinte habile, il a fait entrer la rondelle dans le coin supérieur du filet.

— *Les Flammes reprennent du terrain!* ai-je hurlé avant de me rappeler que je n'avais pas besoin de titre, puisque j'étais un ex-journaliste.

Les partisans des Flammes étaient déchaînés. J'ai essayé de partager leur enthousiasme. Après tout, journaliste ou pas, j'étais toujours le partisan numéro un de l'équipe.

Et qu'est-ce que Fragile avait à dire au sujet de sa première mention d'aide?

— Je suis désolé. J'ai oublié de faire une passe. Je rate toujours tout.

Mais il avait l'air content quand Boum Boum l'a serré dans ses bras.

L'entraîneur a donné le signal du changement de trio, mais Alexia l'a convaincu de laisser Virgile sur la glace avec la deuxième ligne d'attaque.

— Il les déroute complètement, a-t-elle dit. Profitons-en pendant qu'ils sont déstabilisés.

— Excellente patente, a approuvé Boum Boum.

C'était une bonne décision. Virgile était le complément parfait pour Marc-Antoine Montpellier. Ce dernier était si lent que Virgile et lui traversaient péniblement la ligne rouge en même temps, comme deux tortues faisant la course.

— Plaquez-les, plaquez-les! hurlait Roger Distel.

En moins de temps qu'il ne faut pour le dire, on a vu des Requins étendus un peu partout sur la glace. Virgile a envoyé la rondelle à Marc-Antoine, qui l'a ramenée en arrière pour son fameux lancer-pelletée. D'un long mouvement ample, comme s'il pelletait de la neige, il a projeté la rondelle le long de la glace. Après avoir heurté l'intérieur du poteau, elle a dévié à l'intérieur du filet.

Égalité, 2 à 2. Les Flammes reprenaient le dessus.

Nos joueurs ont ramené le jeu dans la zone adverse, pendant que Benoît et Kevin gardaient la ligne bleue comme des sentinelles. Les passes étaient précises et bien maîtrisées. Les tirs se multipliaient contre le gardien des

Requins.

Puis Roger Distel s'est remis à crier :

— Quel est votre problème, les Requins? Vous laissez ces mauviettes vous bousculer? Ils ne sont que du menu fretin! Ils ne sont pas dignes de transporter vos nageoires dans l'aréna!

Même Boum Boum a pouffé de rire. Et une fois que les éclats de rire ont commencé, il n'y a plus eu moyen de les arrêter. Carlos riait tellement qu'il s'est écroulé sur la patinoire. Personne ne l'a poussé. Il est tombé tout seul. Son bâton a fait trébucher Kevin. Pendant que notre meilleur patineur arrière était hors service, le capitaine des Requins s'est élancé sur la glace à la vitesse de l'éclair.

— Arrête-le, Benoît! ai-je crié.

Notre rapide défenseur a rattrapé le joueur et immobilisé la rondelle, grâce à une mise en échec avec le bâton. Mais juste au moment où je nous croyais hors de danger, le capitaine des Requins s'est retourné brusquement et a fait une passe abandon à son ailier, qui le suivait de près.

Paf! Le lancer frappé était si foudroyant que Jonathan n'a pas eu le temps de réagir. Les Requins menaient 3 à 2. Le pointage n'avait pas changé lorsque la deuxième période a pris fin.

Les Flammes ont regagné le vestiaire avec une mine dépitée.

— Ce n'est pas notre faute, a gémi Carlos. C'est leur commanditaire! Impossible de se concentrer avec cet idiot!

— Ce n'est pas juste, a ajouté Jean-Philippe. S'il ne la ferme pas, l'arbitre devrait leur donner une pénalité d'équipe!

Boum Boum ne supporte pas les pleurnicheries. Il faut dire qu'avec le genre de carrière qu'il a eue, il aurait eu lui-même de quoi pleurnicher. Mais chaque fois qu'il se faisait renvoyer dans les ligues mineures, il continuait à sourire de toutes les dents qu'il lui restait.

— Allons, les gars, a-t-il dit. C'est inexcusable de jouer comme des zouaves juste parce qu'un zèbre porte un costume de zigoto dans les gradins.

— Ce n'est pas seulement son costume, a riposté Kevin en essuyant son rétroviseur embué avec un morceau de papier hygiénique. C'est ce qu'il dit. Il nous fait rire!

— Ce n'est pas un crime, a répliqué Boum Boum.

— On dirait qu'il le fait exprès!

Je me suis penché vers Alexia :

— Je sais que l'entraîneur a raison, mais je plains les joueurs. Ce doit être difficile de se concentrer avec ce bouffon qui crie à tue-tête. Rien que de le voir sauter sur place dans son costume ridicule...

Elle m'a interrompu :

— Tamia, pourquoi ne nous as-tu pas dit que tu avais été renvoyé du journal?

J'étais si surpris que j'en ai eu le souffle coupé pendant une minute. Mais j'ai répliqué, mine de rien :

— Pourquoi t'imagines-tu une chose pareille?

Elle a désigné mon magnétophone.

— Comment peux-tu enregistrer? Les bobines ne tournent même pas. Il n'y a pas de piles dedans, n'est-ce pas?

— Peut-être que je n'en avais plus, ai-je répondu, sur la défensive.

— Tamia, c'est à moi que tu parles. Je ne t'ai jamais vu à un match sans six piles de rechange dans tes poches et une autre dans une narine. Tu as tellement de piles sur toi que chaque fois que tu rotes, tes yeux s'allument. Tu surpasses même le lapin d'Energizer! Plus de piles, toi? Ça m'étonnerait!

Que pouvais-je faire d'autre? Je lui ai tout raconté :

— J'ai écrit un article qui dénonçait le fait que la ligue te tient à l'écart des éliminatoires. Mme Spiro ne voulait pas que je l'imprime, mais j'ai quand même essayé de le publier.

Sa sympathie m'a réchauffé le cœur :

— C'était vraiment stupide, Tamia. Tu es un idiot.

— Ne le dis à personne, l'ai-je suppliée. Pour être le journaliste de l'équipe, il faut être... journaliste!

— Ne t'inquiète pas, m'a-t-elle rassuré. Mais arrête de brandir ton magnétophone. Le voyant lumineux n'est même pas allumé.

Penaud, j'ai glissé mon appareil dans ma poche arrière.

— Je suppose qu'on a une chose en commun, lui ai-je dit. Nous sommes tous deux victimes d'une injustice. Je suis renvoyé du journal et tu es renvoyée de la ligue.

— Si tu as l'intention de t'apitoyer sur ton sort, ne

compte pas sur moi, a-t-elle répondu d'un ton impatient. Bon, vas-tu m'aider à nous débarrasser de Roger Distel, oui ou non?

J'en ai presque avalé ma langue.

— Nous débarrasser de lui? ai-je répété, stupéfait. Mais comment? Tu ne veux pas... l'agresser, ou quelque chose de ce genre?

— L'agresser? a-t-elle dit d'un ton dangereusement bas. Nous allons l'aider. Il doit avoir froid, assis si près de la glace pendant toute la partie.

— Froid? Mais non! ai-je dit avec un ricanement. Il doit faire un million de degrés dans ce costume de requin! Il doit suer comme une bête de somme sous les tropiques!

— Il a froid, a-t-elle insisté. Et nous allons faire tout notre possible pour le réchauffer.

Chapitre 13 ▐▐▐▐▐

La patinoire était entourée de radiateurs d'appoint portatifs dirigés vers les gradins, afin d'empêcher les spectateurs de geler. Nous n'avons pas eu de mal à en dénicher un dans un coin désert, car la plupart des spectateurs avaient profité de la pause pour aller au casse-croûte.

Heureusement, l'appareil était muni de poignées, car il était brûlant. En le transportant, je pouvais sentir ma peau rôtir. C'était une vraie fournaise!

— Hé, où allez-vous avec ça?

C'était l'un des vice-présidents de la ligue.

— C'est pour les Flammes, a expliqué Alexia. La plaque chauve de l'entraîneur Blouin commence à geler.

Il nous a laissés partir. Nous avons transporté le radiateur jusqu'au banc de l'équipe.

— Et maintenant, qu'est-ce qu'on fait? ai-je chuchoté.

Aussitôt que ces mots sont sortis de ma bouche, Roger

Distel s'est dirigé vers la fontaine en marchant sur la pointe de ses nageoires. Pour abaisser son visage près du jet d'eau, il a dû repousser son museau du requin vers l'arrière, tout en se contorsionnant comme un bretzel au-dessus du robinet. C'était le moment ou jamais.

Nous avons placé le radiateur sous les gradins et l'avons fait glisser sur le ciment jusqu'à ce qu'il se trouve sous le siège de Roger Distel.

Alexia a tourné le bouton au maximum.

— On veut qu'il soit bien au chaud, a-t-elle dit d'un air satisfait.

La sirène a rappelé les deux équipes sur la glace. Pendant la courte période d'échauffement, les spectateurs ont tous repris leurs places dans les gradins bondés.

Je gardais Roger Distel à l'œil. J'étais si nerveux que je transpirais, comme si je portais moi-même un costume de requin.

Le jeu a repris à un rythme effréné. Il était évident que les deux équipes se donnaient à fond pour la dernière période. C'était une situation classique, digne de *Sports Mag* : un écart d'un seul but, dans un match où l'équipe victorieuse allait passer à la finale pendant que les perdants prendraient le chemin de la maison.

— Allez, les Requins! Dévorez-les! Vous êtes les dents de la mer!

Roger Distel a arrêté de sauter quelques instants pour demander :

— Est-ce que c'est seulement moi, ou il commence à

faire chaud, ici?

C'était une période de hockey fantastique, avec de nombreux tirs au but pour les deux équipes et des tactiques défensives spectaculaires. Mais pour être honnête, je n'ai pas vu grand-chose. Je ne pouvais pas quitter Roger Distel des yeux. Sa tête pendait hors de sa gueule de requin. Ses cheveux étaient collés à son crâne par la transpiration. Son visage était de la couleur d'une tomate mûre. Ce devait être un véritable sauna dans sa section, car les gens s'éloignaient peu à peu du commanditaire des Requins, qui a fini par se retrouver seul au centre d'un cercle vidé de spectateurs.

Il est devenu encore plus bruyant et détestable :

— L'eau est remplie de sang, les Requins! Achevez-les! Gobez-les tout crus!

Je me suis tourné vers Alexia :

— Ton plan ne fonctionne pas. Plus il a chaud, plus il crie!

— Patience, Tamia, a-t-elle répliqué d'un air calme.

Il restait cinq minutes de jeu lorsque c'est arrivé. Jean-Philippe était sur le banc des punitions pour avoir fait trébucher un joueur de l'équipe adverse. Les Requins se retrouvaient donc en avantage numérique. S'ils marquaient et portaient leur avance à 4-2, tout était fichu. Les Flammes ne pourraient jamais remonter la pente alors que le jeu était aussi défensif. Quant à Roger Distel, il était hystérique et sautait comme une gazelle. Mais il transpirait à grosses gouttes.

Puis, au beau milieu d'un bond, il s'est évanoui.

Du moins, je pense que c'est ce qui s'est passé. Je l'ai quitté des yeux une seconde pour observer Jonathan qui bloquait un lancer du revers, et quand j'ai de nouveau tourné la tête dans sa direction, le commanditaire des Requins avait disparu! Son costume était toujours là, mais il semblait vide. Je suppose qu'il s'était écroulé à l'intérieur. Ou alors il avait fondu comme la méchante sorcière du Magicien d'Oz.

M. Fréchette a interrompu le match et appelé une ambulance. Il y a eu quelques moments d'angoisse, car personne ne trouvait Roger Distel dans le costume. Les ambulanciers ont fini par le sortir de là au moyen des « mâchoires de vie » – vous savez, ces énormes pinces de désincarcération qu'on utilise pour découper les voitures accidentées.

Je savais que la situation pourrait fournir un titre percutant, avec ces mâchoires qui libéraient un homme d'un requin. Mais je n'arrivais pas à mettre le doigt dessus.

Et cet horrible Roger Distel! Aussitôt qu'il a repris conscience, il a crié à la figure de l'ambulancier :

— Allez, les Requins! Mâchez-les, puis recrachez-les!

Ce gars n'en manquait pas une. Il a continué à crier, sans paraître remarquer qu'on avait interrompu le jeu pour lui administrer des soins médicaux d'urgence. Et vous auriez dû entendre ses cris de protestation quand les ambulanciers lui ont dit qu'ils devaient l'emmener à l'hôpital pour s'assurer qu'il allait bien!

La foule l'a applaudi à sa sortie de l'aréna. Je parie que les spectateurs étaient heureux d'être débarrassés de sa grande gueule.

Le match a enfin pu reprendre. En l'absence de Roger Distel, les joueurs des Flammes n'avaient plus d'excuses. Ils devaient cesser de patauger et plonger dans l'action.

Je suppose qu'on ne peut pas blâmer les Requins de leur confusion, après la défaillance de leur commanditaire. Les Flammes ont mené quelques attaques remarquables, autant avec Virgile qu'avec Kevin patinant à reculons. Cela a suscité quelques magnifiques tirs au but, mais le gardien des Requins parvenait toujours à faire un arrêt avec sa mitaine.

Puis, à moins de deux minutes de la fin du match, Cédric a intercepté la rondelle, juste à l'intérieur de la ligne bleue adverse. Je ne sais pas pourquoi il ne s'est pas élancé vers le filet. C'est pourtant un joueur tout en finesse, capable des meilleures manœuvres... Peu importe la raison, il a plutôt virevolté et exécuté un lancer frappé foudroyant.

La rondelle a réussi à se frayer un chemin à travers une marée de bras, de jambes et de bâtons devant le filet des Requins. Leur gardien a tendu son bouclier, mais il était trop tard.

— Égalité! me suis-je écrié pendant que les partisans des Flammes poussaient des acclamations.

Désormais, la victoire n'était acquise à aucune des équipes. Les Flammes et les Requins ont redoublé d'efforts, et la tension est devenue insoutenable. Même si leurs chances étaient égales, j'estimais que les Marsois avaient un léger avantage. Étant une bonne équipe, les Requins avaient rarement eu besoin d'actes héroïques de dernière minute. Mais les joueurs des Flammes, qui traînaient de la patte depuis leurs débuts, avaient l'habitude d'être acculés au pied du mur. Réussiraient-ils encore une fois à s'en sortir?

L'entraîneur Blouin a décidé de s'en tenir à la stratégie qui nous avait si bien servi jusque-là.

— Passe-la à Machin-truc! a-t-il beuglé.

— À Virgile! a traduit Alexia.

Et notre petit Fragile s'en est bien tiré. Il semblait patiner un peu plus vite. Il s'est même souvenu qu'il devait faire une passe.

Mes yeux se sont écarquillés d'horreur. Le pauvre type avait envoyé la rondelle directement sur la palette du capitaine des Requins!

Cédric a surgi d'on ne sait où, se précipitant sur le capitaine au moment où ce dernier s'apprêtait à faire un tir cinglant.

Boum! Le plaqueur et le plaqué ont volé dans les airs. La rondelle a roulé doucement jusqu'à Jonathan. Mais notre gardien ne voulait pas l'avoir près de son filet. Il a effectué une passe de dégagement qui a renvoyé la rondelle dans la zone neutre.

Bing! Elle a frappé le masque de Carlos. L'impact a été si rude que notre grand ailier est tombé comme une roche. Quand il s'est remis debout, la moitié des spectateurs criaient :

— Vas-y, Carlos!

— Fais une échappée! ai-je hurlé.

Carlos n'est pas très rapide. Mais il avait trois mètres d'avance sur le défenseur adverse le plus proche. Il a foncé vers le filet adverse et a fait le pire lancer que j'aie jamais vu : en plein sur les jambières du gardien!

— Noooon! a gémi Boum Boum.

Ce qu'il y a de bien avec Carlos, c'est qu'il n'abandonne jamais. Il a frappé de nouveau sur la rondelle, qui avait rebondi devant lui, puis a essayé de frapper le deuxième rebond.

— Elle est entre tes cossins! a crié l'entraîneur.

— Tes patins! ai-je traduit.

D'un coup de patin, Carlos a poussé la rondelle vers sa palette, puis l'a frappée. Elle est entrée dans le filet en passant sous le gant du gardien.

C'était 4 à 3 pour les Flammes, avec cinq secondes de jeu seulement. Pas assez de temps pour que les Requins puissent faire quoi que ce soit. La sirène a retenti.

Les Flammes de Mars – l'équipe d'indésirables, la risée de la ligue – allaient jouer en finale. C'était un miracle.

Le chahut régnait dans le vestiaire. Gonflés à bloc, les joueurs n'ont même pas remarqué que Mme B. distribuait des roulés au chou et au tofu pendant qu'elle dévorait un sandwich au bifteck et au fromage. Carlos n'avait pas cessé de crier depuis son but. Même Virgile avait l'air plutôt content.

Il y avait tellement de bruit que je n'ai pas eu l'occasion de parler à Alexia avant le retour vers Mars, dans le camion de livraison.

— Hé! ai-je chuchoté. Quand on a mis ce radiateur sous le siège de Roger Distel, tu ne devais pas savoir qu'il se retrouverait à l'hôpital, hein?

— Si tu le dis, Tamia, a-t-elle répondu avec un grand sourire.

Je suis heureux qu'Alexia Colin soit mon amie. Parce que, si elle était mon ennemie, je pense que je ne dormirais plus le reste de ma vie.

Chapitre 14 ││││││

Le lundi matin, j'allais sortir de la maison quand ma mère m'a dit qu'elle voulait me parler.

Ce n'est jamais bon signe.

— Excuse-moi, maman, mais je vais manquer l'autobus.

— Ce ne sera pas long, a-t-elle insisté. Clarence, je dois t'avouer quelque chose. J'étais tellement certaine que tu avais les boules magiques de Mme Blouin que j'ai fouillé ta chambre.

J'étais stupéfait. Elle avait rougi.

— Je sais que j'aurais dû te croire. Je suis désolée.

Que pouvais-je faire d'autre? Je lui ai pardonné. C'était facile, surtout que je savais mes boules magiques bien à l'abri dans mon casier à l'école, enveloppées dans ma couverture bleue.

Je n'ai pas pu m'empêcher d'ajouter :

— J'espère que tu me feras plus confiance à l'avenir,

maman.

Je sais que c'était immoral, mais elle n'en savait rien.

— Je vais essayer, Clarence. Oh! en passant, je ne trouve pas ta couverture bleue.

Tout en me dirigeant vers la porte, j'ai lancé par-dessus mon épaule :

— Elle est peut-être au lavage!

Ou dans mon casier, remplie de boules magiques...

L'heure était à la fête dans l'autobus scolaire. L'idée que les Flammes de Mars allaient jouer pour la Coupe Fréchette nous époustouflait. Nous allions perdre, bien entendu. Nos adversaires étaient les Pingouins électriques, ce qui n'était guère surprenant. Ils avaient terrassé les Démons 11 à 0 dans le match qui avait suivi le nôtre.

Jonathan a poussé un soupir satisfait.

— En ce qui me concerne, le match de samedi était notre championnat. Même si on n'a pas remporté la coupe, on a prouvé à Bellerive que les Marsois ont leur place dans cette ligue.

— On a fait tout ce qu'on projetait de faire cette année, a approuvé Benoît.

— Sauf conduire la surfaceuse, a ajouté Jean-Philippe d'une voix nostalgique.

— Ce serait tout de même bien de faire bonne figure face aux Pingouins, a fait remarquer Carlos.

Alexia était complètement dégoûtée, ce qui veut dire qu'on l'entendait à peine quand elle a parlé :

— Bande d'idiots! Vous pourriez au moins attendre la

mise au jeu avant de capituler!

— Allons, Alexia, a rétorqué son frère. Tu sais qu'on n'a aucune chance contre les Pingouins!

— On les a déjà battus, lui a fait remarquer Alexia.

— C'était un coup de chance sur notre patinoire raboteuse, lui a rappelé Jonathan. Une chance pareille n'arrive pas durant les séries. C'est une finale en deux matchs, et l'équipe victorieuse est celle qui a marqué le plus grand nombre de buts. On n'a pas de capitaine et les Pingouins sont meilleurs que jamais. Rémi Fréchette a compté neuf buts en deux tours d'éliminatoires! Je veux bien avoir une attitude positive, mais il ne faudrait pas se faire d'illusions.

—Demandons l'avis de Tamia, puisque les journalistes sont obligés d'être honnêtes, a dit Kevin en se tournant vers moi. Si la *Gazette* sortait aujourd'hui, écrirais-tu que les Flammes ont une chance de gagner contre les Pingouins?

J'ai essayé de tourner ça à la blague :

— Eh bien, Fragile a complété toute une partie sans saigner. Alors, les possibilités sont sans limite pour les Flammes!

Cela a allégé l'atmosphère. Les Flammes et leurs camarades ont ri jusqu'à leur arrivée à l'école.

J'ai su que quelque chose clochait en mettant le pied dans l'édifice. Il y avait un brouhaha dans le couloir. J'ai demandé au premier élève que j'ai croisé :

— Qu'est-ce qui se passe?

— Inspection des casiers, a-t-il répliqué. M. Lambert fouille tous ceux dont le numéro est au-dessus de 700.

— Au-dessus de 700? Mais c'est dans mon couloir!

J'étais si horrifié que je n'ai même pas demandé ce que cherchait le directeur. Je craignais trop ce qu'il risquait de trouver.

Vous vous demandez probablement quel était le problème. C'est vrai, il n'y a aucune loi interdisant d'avoir quelques centaines de boules magiques dans un casier scolaire. Mais le jour où le dentiste m'avait trouvé 11 caries, ma mère avait alerté le monde entier. Elle avait même rédigé une lettre qui était maintenant affichée sur le babillard de la salle des profs. Il fallait être un ermite dans une caverne pour ne pas savoir que j'étais soumis à une loi martiale dentaire. Quand M. Lambert ouvrirait mon casier et verrait tous ces bonbons, il appellerait sûrement ma mère. Ce n'était peut-être pas une bonne idée d'avoir reproché à maman son manque de confiance...

Je me suis faufilé dans un groupe d'élèves qui entourait M. Lambert et le concierge, M. Sarkis. Le directeur n'a pas découvert un réseau d'activités criminelles. Un des élèves avait gardé un livre de la bibliothèque emprunté en 1996; un autre avait affiché la photo d'une actrice vêtue d'un bikini de la taille d'un timbre-poste; une fille dont le casier contenait un morceau de pizza vieux de six mois s'est fait sermonner, sans même écoper d'une retenue. Puis ç'a été mon tour.

— Qu'est-ce que c'est que ça? Une couverture?

Le concierge a sorti ma couverture bleue. J'ai fermé les yeux, certain d'entendre le cliquètement de centaines de boules heurtant le plancher de terrazzo.

Rien ne s'est produit.

— J'ai été volé! ai-je balbutié. Heu, je veux dire...

Le directeur et le concierge ont déplié ma couverture. Je n'en croyais pas mes yeux. Ce devait être l'humidité de l'école, ou quelque chose du genre. Chacun des bonbons de Mme Blouin était resté collé à la couverture.

Le directeur m'a regardé en plissant les yeux :

— Clarence, peux-tu m'expliquer ce que c'est?

J'ai commencé à transpirer.

— C'est un... heu... ai-je bredouillé.

— C'est une carte des étoiles de la Voie lactée! a lancé une voix derrière moi.

Je me suis retourné. J'ai aperçu le petit Virgile Norbert, qui examinait ma couverture avec beaucoup d'intérêt.

— Une carte des étoiles? a dit M. Sarkis en fronçant les sourcils.

— On étudie l'astronomie dans la classe de sciences de M. Pincourt, a expliqué Fragile, avant de se tourner vers moi. Où as-tu eu l'idée de faire une carte des étoiles?

— Je me suis dit que, que... ai-je commencé en cherchant désespérément une explication. Que ce serait scientifique!

Le directeur a levé un sourcil. Pendant une minute, j'ai presque pensé qu'il allait me croire. Mais qui est arrivé tout à coup dans le couloir? M. Pincourt lui-même. C'était bien ma chance.

M. Lambert lui a montré ma couverture.

— D'après vous, est-ce que ça ressemble à une galaxie?

J'ai attendu, le souffle coupé. J'étais fichu.

— Oui, tout à fait, a déclaré l'enseignant d'un air satisfait. Observez la concentration d'étoiles vers le centre, et les bras spiraux plus clairsemés en bordure.

Eh bien, qui l'aurait cru? Les galaxies sont formées exactement de la même façon que les boules magiques adhérant naturellement à une couverture. On en apprend tous les jours.

M. Pincourt avait l'air impressionné :

— Et les différentes boules de couleur représentent les divers types d'étoiles de notre galaxie. Très créatif. Clarence, c'est toi qui as fait ça?

J'ai hoché la tête en disant :

— Je suppose que je devrais la rapporter chez moi pour... heu... la terminer.

— Mais non! s'est exclamé M. Pincourt. Accrochons-la à un endroit où toute l'école pourra l'admirer.

— Dans la cafétéria, peut-être? a suggéré M. Lambert.

Si vous aviez un tas de boules magiques, les mettriez-vous dans une pièce remplie de 800 enfants affamés?

— Assurez-vous de l'accrocher assez haut, ai-je supplié. Il ne faudrait pas que quelqu'un mange mes étoiles.

Ma remarque a déclenché l'hilarité générale.

Quand la cloche a sonné, je me suis tourné vers Virgile pour le remercier de m'avoir sauvé la vie. Mais il était déjà parti en classe. Je ne sais toujours pas s'il a dit cela par esprit d'équipe. Peut-être qu'en voyant des boules magiques sur une couverture, il avait vraiment vu une galaxie.

Chapitre 15

L'équipe des Flammes ne partait pas favorite dans cet affrontement contre les Pingouins. En ville, la plupart des gens pensaient que nous n'allions pas marquer un seul but au cours des deux parties de la finale. La centrale électrique de la ville, qui commanditait les Pingouins, avait déjà imprimé des t-shirts célébrant leur victoire. Évidemment, ils ne devaient pas être distribués avant la fin de semaine. Mais devinez qui avait mis la main sur un t-shirt avant tout le monde et avait le culot de le porter à l'école? Rémi Fréchette.

Il le portait sous sa chemise. Chaque fois qu'un adulte se trouvait dans les parages, le t-shirt était dissimulé. Mais Rémi le dévoilait aux Marsois, dès qu'il en avait l'occasion. Si vous regardez le mot « salaud » dans le dictionnaire, vous y verrez probablement une photo de Rémi.

— Vous avez deux parties à jouer avant que tu puisses porter ce t-shirt, lui ai-je dit d'un ton hargneux. Et tu n'es pas sûr à cent pour cent que vous allez gagner.

— Je ne suis pas sûr à cent pour cent que le soleil va se lever demain, a-t-il répliqué en riant. Je te l'ai déjà dit. Aucun Martien ne mettra sa main d'extraterrestre sur la Coupe Fréchette.

À ce moment précis, Alexia est entrée dans la classe. Rémi a sauté sur une chaise et a bombé la poitrine, brandissant le t-shirt de la victoire à sa figure.

J'étais fier d'elle : elle a regardé droit devant elle comme s'il n'avait pas été là.

Ce grand dadais l'a suivie jusqu'à son pupitre.

— Que penses-tu de mon t-shirt? lui a-t-il demandé.

— Je pense qu'il va valoir beaucoup d'argent quand les Flammes vont vous battre, a-t-elle répliqué.

— Nous battre? s'est écrié Rémi. Avec mon jeu amélioré, je pourrais battre les Martiens à moi tout seul!

— Je suis certaine que tu aimerais ça, a dit Alexia. Dommage qu'il y ait tous ces crétins dans ton équipe. À commencer par lui, a-t-elle ajouté en désignant Olivier Vaillancourt.

Alexia n'avait généralement pas de mal à faire enrager ces deux idiots. Mais pas cette fois. C'est là que j'ai compris que les Pingouins n'avaient aucun doute quant à l'issue de la finale.

Et ce n'était pas seulement leur équipe. Toute la ville de Bellerive était convaincue que les Pingouins n'auraient qu'à se présenter à la patinoire pour remporter leur troisième championnat consécutif. Lorsque le journal de

Bellerive publiait un article sur la finale de la ligue Droit au but, le reporter ne prenait même pas la peine d'identifier l'équipe qui allait affronter les Pingouins. Ça m'avait toujours rendu fou quand on nous avait qualifiés de Martiens, de zozos de l'espace et de gagas de la galaxie. Mais c'était peut-être mieux que de se faire totalement ignorer.

Boum Boum était inquiet de la réaction des Flammes.

— Ce n'est pas parce que les gens vous traitent comme des zigotos que vous êtes des cocos! a-t-il grondé.

Cela pouvait vouloir dire bien des choses. Mais c'était probablement sa façon d'encourager ses joueurs à ne pas se croire vaincus d'avance, même si tout le monde le pensait.

— Et toi, qu'est-ce que tu fais, Tamia? s'est plaint Benoît. Notre journaliste d'équipe devrait nous défendre quand personne d'autre ne le fait!

Oh, quel sentiment horrible! J'avais l'impression de les avoir abandonnés.

Alexia est venue à mon secours :

— Laissez Tamia tranquille! Ce n'est pas sa faute si la *Gazette* sort toujours au mauvais moment.

Je lui étais reconnaissant de son appui. Mais ça ne faisait que me rappeler que j'étais au chômage.

Lorsque les joueurs des Flammes se sont retrouvés au magasin d'aliments naturels avant le premier match de la finale, ils étaient aussi nerveux qu'un groupe de prisonniers en route pour la chaise électrique. Qui ne l'aurait pas été? J'étais paniqué, et je n'avais même pas à enfiler des patins.

Si nous étions anxieux, qu'en était-il de Virgile? Le pauvre voyait la finale comme une occasion de se faire détester de toute la ville, pas seulement des Flammes. Mais je dois reconnaître qu'il faisait des efforts. Il est même venu à Mars pour le déjeuner de l'équipe. Vous auriez dû voir son expression quand il a pris sa première bouchée de gaufre au tofu et de germes de soya sautés. Il avait l'air de quelqu'un dont le pantalon vient de se remplir d'eau glacée. Je suis sûr qu'il voulait dire quelque chose, ou du moins cracher quelque chose. Mais comme le reste de l'équipe faisait mine de se régaler, il a dû se dire qu'il faisait mieux de se taire.

Croyez-moi, ce n'était pas facile pour nous d'avaler du soya en regardant Mme B. dévorer une queue de castor de 30 cm fourrée à la crème et glacée au chocolat.

Parlant de Mme B., elle grossissait de jour en jour. Je sais que la plus belle femme du monde se cachait là-dessous, mais durant cette période, elle était grosse comme une barrique. La naissance n'aurait pas lieu avant deux mois, ce qui était plutôt inquiétant. J'avais entendu dire que les femmes enceintes engraissaient encore plus à la fin. Au mois de juin, la compagnie de téléphone octroierait probablement à Mme B. son propre indicatif régional.

Après le déjeuner, Boum Boum a prononcé un discours qui comprenait 90 pour cent de machins-trucs et de bidules. Mme B. a traduit, mais elle avait la bouche si pleine de pâtisserie que nous n'avons pas compris grand-chose.

— C'est exactement ce que je veux dire, a confirmé l'entraîneur en se frappant le genou. Bon, tout le monde dans le cossin. C'est le temps de passer à l'action!

Les joueurs des Flammes sont donc partis à la rencontre de leur destin, poussés par la sagesse de ses paroles. Dommage que personne n'en ait compris un mot.

— Il est fier de nous, a chuchoté Alexia quand nous nous sommes entassés dans le camion.

— Il a dit ça? a demandé Virgile, les yeux ronds.

— Oui, a dit sérieusement Alexia. J'ai appris à parler trucmuche.

Quelqu'un avait trafiqué la pancarte au-dessus de l'entrée du centre communautaire. Quand l'entraîneur Blouin a ouvert les portes du camion, nous avons aperçu le message suivant :

LES PINGOUINS ÉLECTRIQUES
CONTRE LES MELFAMS

Carlos a trouvé ça hilarant, surtout quand Virgile a dit :

— Je pensais que c'était notre équipe qui jouait. Qui sont les Melfams?

Nous sommes entrés dans l'aréna. En voyant la patinoire, nous nous sommes immobilisés de stupéfaction. Il y avait de quoi effacer le sourire de Carlos. On aurait dit le Centre Bell. Des gradins portatifs avaient été ajoutés dans tous les espaces libres autour de la patinoire. Il devait y avoir 2000 spectateurs là-dedans!

Cédric a pris une grande inspiration :

— La finale de hockey! Même les gens qui ne connaissent pas la différence entre une rondelle et une poignée de porte viennent voir ces parties!

— Mais où sont nos partisans? a demandé Jonathan en jetant un regard à la ronde.

C'était ce que nous nous demandions tous. On aurait dit que chaque siège était occupé par un habitant de Bellerive.

Après quelques moments de recherche, nous avons aperçu un certain nombre de Marsois. Ils étaient disséminés dans les dernières rangées et dans les marches des gradins. Quelques-uns regardaient à travers la vitre ternie du casse-croûte. Même Mme B., qui était enceinte, devait se tenir debout, coincée entre ma mère et quelques autres parents à côté de la surfaceuse. Ils étaient si près les uns des autres qu'il y avait à peine de la place pour le sac de biscuits au beurre d'arachide que tenait la femme de l'entraîneur.

— Il faudra dire à nos parents de venir plus tôt demain, a dit Alexia. Ils devront être bien assis quand on remportera la victoire.

— Tu blagues, j'espère, a dit Jonathan en fronçant les sourcils.

— Est-ce que j'ai l'air de blaguer? a-t-elle rétorqué.

La tête de mort et les os croisés qu'on voit sur les

étiquettes de poisons ont davantage l'air de blaguer qu'Alexia Colin. Avait-elle perdu la raison? Les Pingouins semblaient imbattables. Ils avaient les meilleurs joueurs, un entraîneur hors pair, un plus grand nombre de partisans... Même leurs uniformes étaient plus beaux que ceux des autres équipes. Cette foule n'était pas venue voir une partie de hockey. Elle était venue voir les Pingouins nous exterminer.

D'un autre côté, nous avions Boum Boum. Ce n'était pas exactement Guy Lafleur, mais il avait vraiment joué dans la LNH. Et il avait quelques armes secrètes en réserve.

Il a utilisé l'arme no 1 lors du tout premier jeu de la partie. Cédric a remporté la mise au jeu et envoyé la rondelle à Fragile, qui a commencé son « attaque » lente et laborieuse. J'étais sur le banc avec le reste de l'équipe – impossible de trouver un siège avec une foule pareille. Nous nous sommes levés pour mieux voir. Personne ne voulait manquer le spectacle de Rémi et Olivier tombant en pleine figure après avoir tenté de plaquer Virgile.

Mais ça ne s'est pas produit. Rémi, Olivier et leur centre, Tristan Aubert, ont formé un demi-cercle autour de Virgile, bloquant toutes ses possibilités de passe.

— On vous a espionnés, les Martiens! a lancé Rémi en passant devant notre banc. Vos trucs minables ne fonctionnent pas avec nous!

Ils ont suivi Virgile sur toute la longueur de la patinoire.

— Il n'a plus de place pour patiner! me suis-je exclamé.

— Lance! a hurlé Boum Boum.

Mais il s'agissait de Virgile. Il s'était entraîné à faire des passes, mais personne ne lui avait parlé de lancer au but.

— Hé! a dit Carlos, fasciné. Il ne va tout de même pas continuer à patiner, j'espère.

— Bien sûr que non, a dit Alexia d'un ton sec. Personne n'est aussi stupide que ça!

Paf! Le corps de Virgile s'est écrasé dans la bande. Son masque a frappé le plexiglas. Vous devinez le reste. Imaginez les chutes Niagara en rouge cerise.

Chapitre 16

Des exclamations de surprise et des cris horrifiés ont fusé dans les gradins. C'est que les spectateurs ne connaissaient pas Fragile aussi bien que nous. Les officiels ont calmé la foule pendant que Virgile cessait peu à peu de saigner. Le seul délai a été causé par Jean-Philippe, qui a offert 10 $ au conducteur de la surfaceuse pour qu'il le laisse nettoyer la glace. L'homme, qui semblait sur le point d'accepter, a marchandé jusqu'à ce que Jean-Philippe lui propose 35 $. C'est alors que M. Fréchette s'est approché et a ordonné à son employé de s'acquitter de sa tâche.

Mais notre ailier n'abandonnait pas si facilement. Il a demandé au président de la ligue :

— S'il se fait renvoyer, est-ce que je pourrai conduire la surfaceuse en attendant qu'il soit remplacé ?

M. Fréchette a perdu patience :

— Retourne à ton banc ou je donne une pénalité aux Flammes!

Jean-Philippe a obéi d'un air boudeur.

— M. Fréchette gâche toujours tout! a-t-il dit à ses coéquipiers.

Quand le jeu a repris, Boum Boum a utilisé son autre atout : l'attaque à reculons de Kevin.

Kevin est difficile à plaquer, puisqu'il tourne toujours le dos à l'adversaire, un peu comme un meneur qui protège son dribble au basket-ball. Grâce à son rétroviseur, Kevin sait où se trouvent les défenseurs, ainsi que ses coéquipiers s'il désire faire une passe.

Cependant, M. Morin, l'entraîneur des Pingouins, était malin. Il avait non seulement trouvé une façon de contrer Virgile, mais avait aussi un plan pour Kevin.

Au lieu de frapper notre défenseur, Olivier a plongé entre ses jambes, harponnant la rondelle en direction de Tristan. Ce dernier a fait une passe à Rémi, qui est parti en échappée. Il a foncé seul vers le filet, a ramené la rondelle légèrement à l'arrière, puis, d'un coup rapide du poignet, l'a projetée derrière Jonathan.

Lorsque 2000 personnes se mettent à crier dans un petit aréna, les acclamations individuelles se fondent dans une clameur tonitruante.

— Beau machin! a admis Boum Boum à regret.

Il devait crier pour se faire entendre par-dessus les cris des partisans des Pingouins.

— Trop beau, ai-je ajouté d'un air sombre.

Évidemment, Rémi ne pouvait pas garder sa joie pour lui.

— C'est grâce à Wayne Gretzky! a-t-il lancé avec un grand sourire, en brandissant son bâton devant le banc des Flammes.

— Tu n'es pas si bon que ça! a crié Carlos, avant de se tourner vers nous. Pensez-vous que c'est Wayne Gretzky qui lui a montré à lancer comme ça? a-t-il chuchoté.

— C'était un coup de veine! s'est exclamée Alexia. Il ne pourrait pas recommencer avant un million d'années!

En fait, ça lui a pris environ trois minutes. Carlos était sur le banc des punitions pour accrochage, et les Pingouins étaient en supériorité numérique. Olivier a bousculé Benoît dans le coin et a fait une passe parfaite à Rémi dans l'enclave. Rémi a immobilisé la rondelle, puis *paf!* Le même lancer du poignet. Jonathan a encore été déjoué. En un rien de temps, notre équipe tirait de l'arrière par deux buts. Subito presto : catastrophe instantanée!

Comprenez-moi bien : j'avais déjà vu les Flammes perdre auparavant. Mais à ces occasions, les joueurs avaient mal patiné, commis des erreurs, joué n'importe comment. Ce jour-là, ils se démenaient vraiment sur la glace. Après chaque changement de trio, ils revenaient au banc hors d'haleine. Voilà ce qui m'inquiétait. Il est facile de s'améliorer quand on ne fournit pas beaucoup d'efforts. Il suffit de jouer avec plus d'énergie. Mais quand on donne son maximum et qu'on se fait tout de même massacrer, c'est sans espoir.

Rémi a complété son tour du chapeau avant la fin de la première période. Bien sûr, c'était encore un lancer du poignet, en hauteur, cette fois. Jonathan a été pris par surprise.

Avec un pointage de 3 à 0, les Flammes avaient besoin de jouer défensivement durant la deuxième période. Et je dois dire que, pendant 15 minutes, on a assisté au jeu le plus défensif que j'aie jamais vu au hockey. Rémi ne pouvait pas s'approcher de la rondelle sans que Cédric ou Carlos lui bloquent la route. Benoît et Kevin étaient incroyables, interceptant des lancers et gardant les avants adverses éloignés du filet. Après avoir laissé passer 18 tirs au filet pendant la première période, les Flammes n'ont permis que trois lancers aux Pingouins durant la deuxième, et aucun par Rémi Fréchette.

— Où est passé ton lancer du poignet? a jeté Carlos à Rémi.

Le neveu du président de la ligue a éclaté de rire.

— Votre jeu serait parfait... si vous protégiez votre avance! a-t-il rétorqué. Le seul problème, c'est que vous tirez de l'arrière par trois buts, Einstein!

Il avait raison. Les Flammes bloquaient les Pingouins, mais ils ne marquaient pas. Et c'est notre équipe qui essayait de remonter la pente.

À la troisième période, Boum Boum a été forcé d'abandonner le jeu défensif et de passer à l'offensive. Ma première idée de titre était « Tactique audacieuse », mais je l'ai changée pour « Tactique désastreuse ». Avec Cédric qui s'attaquait à Rémi au lieu de le couvrir, il n'a pas fallu longtemps pour revoir le fameux lancer du poignet à la

Gretzky. En moins de temps qu'il ne faut pour le dire, la rondelle est entrée dans le filet, pendant que Jonathan s'étendait de tout son long sur la glace comme un empoté. Cette fois, on a entendu des rires parmi les cris des partisans des Pingouins.

Son bâton levé triomphalement dans les airs, Rémi a patiné jusqu'à la table du marqueur. Sautant par-dessus la bande, il a approché son visage du micro et beuglé :

— À bas, les Martiens!

Les rires ont déferlé dans l'assistance. Rémi s'est fait sermonner par son entraîneur, qui l'a envoyé sur le banc.

Mais le mal était fait. La foule s'est mise à scander : « Épais de l'espace! Épais de l'espace! » Les blagues sur Mars ont fusé dans les gradins :

— Hé, les gagas de la galaxie! C'est ça que vous appelez du hockey sur Mars?

— Je peux sentir ton haleine d'astéroïde d'ici!

— Va ramasser ton fumier d'extraterrestre sur ta planète!

Je dois préciser que ce n'étaient pas les adultes qui criaient ces inepties. Mais ils ne faisaient pas beaucoup d'efforts pour faire taire leurs enfants.

Ma colère était telle que la fumée me sortait pratiquement des oreilles. Les Flammes n'avaient pas subi un tel traitement depuis leur première partie au sein de la ligue. Et nous étions en finale! Nous méritions plus de respect que ça!

Les joueurs des Flammes restaient figés, le visage

sombre. La queue de cheval de Boum Boum était hérissée dans son dos. Quant à Alexia, son menton était si pointé vers l'avant qu'elle aurait pu s'en servir comme bélier.

Puis un crétin de Bellerive a eu le culot de crier :

— Hé, les Martiens, où est votre capitaine? En train de vendre des biscuits pour les Guides?

Comme si Alexia avait abandonné l'équipe, au lieu d'avoir été renvoyée parce qu'elle était une fille! J'en avais assez enduré : la finale, la ligue, quatre mois de railleries et d'arnaques...

J'ai bondi sur le banc et je me suis mis à invectiver la foule :

— Taisez-vous, espèces de sales snobs pourris...

Je n'ai jamais pu compléter mon chapelet d'insultes. Pour la première fois de la saison, l'entraîneur Blouin m'a mis à la porte de l'aréna.

Chapitre 17

En fait, il ne m'a pas exactement mis à la porte. Il m'a dit :

— Tamia, va dans le cossin.

J'étais pratiquement certain qu'il parlait du vestiaire. C'est là que j'ai passé le reste du massacre des Flammes.

Oh, bien sûr, j'ai regardé la partie. J'avais un sens journalistique trop aiguisé pour ne pas glisser ma tête par la porte et regarder quelques minutes du match. Mais quand Olivier a compté, faisant passer l'avance des Pingouins à 5 à 0, le spectacle est devenu trop pénible à regarder. Les joueurs des Flammes faisaient des efforts, mais ils étaient complètement surclassés. Ils méritaient à peine de se trouver sur la même patinoire que leurs adversaires. Qui pouvait prédire ce que le pointage serait après le match du lendemain? Peut-être 10 à 0? Ou 12 à 0? Quelle conclusion minable pour une équipe Cendrillon! Ce serait comme si Cendrillon partait épouser son prince, mais qu'en route, elle se faisait renverser par un autobus, frapper par la foudre et dévorer par un loup-garou.

J'étais donc assis dans le vestiaire, à ruminer ma colère, à déprimer et aussi à m'ennuyer. Les vestiaires sont loin d'être un parc d'attractions de Disney, vous savez! Ce sont des endroits laids qui sentent mauvais. Quand on est chanceux, on peut y trouver un vieux journal ou un magazine que quelqu'un a laissé traîner. Tout ce que j'ai pu dénicher dans ce dépotoir était un vieux catalogue du Monde Sportif, datant de l'automne 1997. Il était plié en deux et dépassait de l'un des casiers.

Tout était préférable au spectacle du carnage sur la patinoire. J'ai sorti le catalogue et j'ai commencé à parcourir les annonces publicitaires de bâtons de golf, de raquettes de tennis et de skis. Je n'ai pas pu m'empêcher de jeter un regard courroucé aux images d'enfants joyeux tenant des bâtons de hockey.

— Vas-y, souris! ai-je lancé à la photo d'un garçon. Tu ne te fais pas malmener juste à cause de ta ville, toi!

Le garçon de la photo ne répondait rien. Il continuait de sourire sous les lettres du message publicitaire : Bâtons de hockey. Bois : 19,99 $. Aluminium : 29,99 $.

Les mots m'ont soudain sauté aux yeux : Aluminium! Aluminium!

Je me suis remémoré le vieux règlement de 1887 qui maintenait Alexia à l'écart des séries : « Aucune personne de sexe féminin n'a le droit de tenir ou manier, de quelque façon que ce soit, un morceau de bois d'une longueur excédant un mètre... »

Un morceau de bois.

Je me suis levé d'un bond et j'ai donné un coup de poing dans le vide en hurlant :

— Youpiiiii!

C'est à ce moment précis que la porte du vestiaire s'est ouverte et que les membres de l'équipe sont entrés d'un pas traînant, précédés de l'entraîneur. Ils ont dû penser que j'étais cinglé, à sauter ainsi de joie alors que les Flammes venaient de se faire écraser et humilier.

Alexia m'a foudroyé du regard.

— J'espère que tu viens de gagner à la loterie, Tamia, a-t-elle dit entre ses dents serrées. À moins que tu ne sois devenu un admirateur de Rémi Fréchette?

— Tu peux jouer, Alexia! Tu peux jouer! ai-je dit en lui mettant le catalogue sous le nez. Avec ça!

Elle est restée bouche bée, comme si elle n'en croyait pas ses propres yeux.

— Je peux jouer, a-t-elle fini par dire.

Si je n'avais pas su qu'il s'agissait d'Alexia, j'aurais juré qu'elle refoulait deux grosses larmes d'un clignement de paupières.

Elle a tendu le catalogue à Boum Boum, et les joueurs se sont rassemblés autour de lui. Les yeux de mante religieuse de notre entraîneur étaient encore plus écarquillés que d'habitude.

— Un bidule en machin-truc! s'est-il exclamé.

— Un bâton en aluminium! a traduit Cédric d'une voix

altérée par l'émotion. Ce n'est pas couvert par ce vieux règlement parce que ce n'est pas un morceau de bois. C'est un morceau d'aluminium!

— Ils n'avaient pas d'aluminium en 1887! ai-je ajouté, tout excité.

— Nous avons retrouvé notre capitaine! s'est écrié Carlos.

Voilà le genre de sujet que *Sports Mag* aime offrir à ses lecteurs : une équipe inspirée et unie, animée par l'espoir et la confiance. C'était un spectacle réjouissant : tous les joueurs poussaient des cris de joie, proposaient de contribuer à l'achat du bâton d'aluminium. J'étais si énervé que j'ai failli ne pas remarquer la petite silhouette qui se faufilait vers la porte.

Alexia l'a aussi aperçue :

— Arrête! a-t-elle aboyé. Virgile, où vas-tu comme ça?

Plié en deux sous le poids de son sac de sport, le pauvre garçon était si petit que son sac avait l'air d'un insecte géant en train de le dévorer.

— À la maison, a-t-il répondu.

— À la maison? a répété Boum Boum. Mais on a retrouvé notre patente! On va faire une chose d'équipe et planifier notre bébelle pour le match de demain.

— Notre stratégie, ai-je traduit.

— Votre capitaine est revenue! a dit Fragile. Pourquoi auriez-vous besoin de moi?

L'entraîneur lui a mis un bras sur l'épaule :

— Parce que tu es l'un des nôtres. Tu fais partie de

l'équipe. Dans une équipe, on joue ensemble, on gagne ensemble, on subit des machins ensemble.

— Des défaites, a dit Cédric.

— Vous allez juste finir par me détester, a averti Virgile.

— On est prêts à courir ce risque, a dit la capitaine des Flammes en souriant.

Le second match de la finale de la ligue avait lieu le dimanche, à 16 h. Croyez-le ou non, les gradins n'étaient pas aussi remplis que la veille. Après tout, les Pingouins avaient déjà une avance de cinq buts contre zéro, et les gens devaient penser que les séries étaient déjà gagnées. Les spectateurs présents ce jour-là étaient surtout venus assister à la remise du trophée. Il y avait beaucoup de membres des familles des joueurs, ainsi que des grosses légumes de la centrale électrique.

Par contre, Mars avait attiré une foule importante. Après notre visite au Monde Sportif pour acheter le bâton en aluminium, les joueurs et moi avions passé la soirée à répandre la nouvelle que les Flammes avaient un dernier atout en réserve. Nous avions pris soin de ne pas promettre de victoire, bien entendu. Notre retard de cinq buts rendait cela pratiquement impossible. Mais avec le retour d'Alexia, nous avions bien l'intention de faire travailler ces pourris pour leur trophée.

Nos partisans étaient arrivés assez tôt pour trouver des sièges à l'avant, où les Flammes pourraient les voir et profiter de leurs encouragements. Cette chère Mme B. était directement derrière le banc des joueurs. Elle me réservait mon siège habituel, où elle avait déposé une énorme boule au fromage et au piment, ainsi qu'une boîte de biscuits Ritz. Elle n'aurait pas dû se donner tout ce mal : elle occupait presque deux places à elle seule.

Lorsque nous sommes arrivés, Rémi et Olivier se trouvaient près du casse-croûte, entourés de leurs admirateurs.

— Hé! Cédric, où est ta petite amie? a lancé Olivier. Oh, excuse-moi, ta capitaine!

— Ta petite capitaine! a gloussé Rémi.

C'était vrai, on ne voyait Alexia nulle part. Heureusement, aucun de ces idiots n'a remarqué que Boum Boum et Carlos se démenaient pour transporter un long sac de sport extrêmement lourd.

Cédric a haussé les épaules :

— Ton oncle ne veut pas la laisser jouer. Il doit penser que son neveu n'est pas assez fort pour l'affronter!

— Ce n'est pas pour ça! a explosé Rémi. C'est le règlement! On obéit aux règlements sur cette planète, tu sais!

— Je parie qu'elle est partie parce qu'elle en avait assez de vous voir jouer comme des empotés, a ajouté Olivier. Quelle loyauté!

— Assez de ces patentes, est intervenu l'entraîneur Blouin. Allons dans le bidule.

Pendant que nous nous éloignions, Rémi nous a lancé :

— J'avais raison, oui ou non? Aucun Martien ne mettra

sa main d'extraterrestre sur la Coupe Fréchette!

Une fois dans le vestiaire, Boum Boum a ouvert la fermeture éclair du long sac de sport, et Alexia en est sortie. Elle s'est époussetée de la main, le menton pointé vers l'avant.

— Quel fendant, ce Fréchette! s'est-elle exclamée. Dommage que le sac n'ait pas eu d'ouvertures! Je l'aurais fait trébucher!

— Tu en auras bientôt l'occasion, a promis Boum Boum. Sur la bébelle.

Notre tactique était de miser sur l'élément de surprise. Les joueurs essaieraient de garder le retour d'Alexia secret le plus longtemps possible. Elle portait le chandail de rechange des Flammes, le numéro 13. Nous lui avions loué des patins, puisque les siens étaient blancs. Nous lui avions même trouvé une visière teintée afin que les Pingouins ne puissent pas distinguer son visage. Ses cheveux blonds étaient dissimulés sous son casque.

Sur la glace, l'entraîneur l'a envoyée à la défense au lieu de sa position habituelle à l'aile droite. Ainsi, elle n'aurait pas à se placer face à Rémi pour la mise au jeu, et risquer qu'il la reconnaisse.

Cédric a remporté la mise au jeu, mais Jean-Philippe a raté sa réception de la passe. C'est Olivier qui a récupéré la rondelle. Il a expédié une passe à Tristan, qui a franchi la ligne bleue des Flammes.

Paf!

Alexia a surgi de nulle part et a renversé le centre des

117

Pingouins d'une magnifique mise en échec avec l'épaule. Benoît et Rémi se sont élancés vers la rondelle. Benoît a été le plus rapide, mais Rémi a avancé son bâton pour bloquer sa passe de dégagement. La rondelle a été propulsée vers les gradins.

— Qui est-ce? a demandé Rémi en regardant Alexia.

Mais avant qu'il puisse vérifier, l'arbitre a appelé Cédric et Tristan au point de mise au jeu, juste à l'extérieur de la zone des Flammes. Cette fois, Tristan a immobilisé Cédric pendant que Rémi harponnait la rondelle en direction d'Olivier, à l'aile gauche.

Boum!

Alexia a traversé la glace et écrasé Olivier contre la bande. Elle a envoyé la rondelle à Benoît, qui s'est aussitôt élancé pour mener l'attaque des Flammes. Le gardien des Pingouins a dû réagir rapidement pour bloquer le lancer frappé de Jean-Philippe.

Sans trop savoir ce qui se passait, Rémi s'est dit qu'il valait mieux nous dénoncer.

— Monsieur! a-t-il crié à son entraîneur. Ils trichent! Ils ont un nouveau joueur!

L'entraîneur Morin a regardé Alexia en fronçant les sourcils.

— Hé, Blouin! a-t-il lancé par-dessus le banc des punitions. Qu'est-ce que tu essaies de faire, au juste?

— Juste un machin-truc, a répondu Boum Boum, l'air innocent.

— Un quoi?

Entre-temps, le jeu avait repris. Jean-Philippe était en possession de la rondelle dans le coin, mais Rémi a intercepté sa passe vers le centre. Il a traversé la ligne bleue avec un seul défenseur à déjouer : Alexia.

— Je vais te donner une leçon, le Martien! a-t-il dit, tout essoufflé.

Il a réussi à ricaner, même s'il était au beau milieu d'une attaque.

Il a feinté à gauche, avant d'accélérer pour tenter de la contourner sur la droite. Mais en passant, il a jeté un coup d'œil à travers sa visière teintée.

Il s'est exclamé, les yeux ronds :

— C'est toi?

Chapitre 18 ||||||

Alexia lui a administré une mise en échec avec la hanche qui semblait sortie tout droit d'un film de formation de la LNH. Rémi s'est envolé par-dessus notre capitaine comme s'il jouait à saute-mouton avec un sac à dos équipé de réacteurs.

Paf!

Quand il a atterri sur la glace, Alexia s'était déjà emparée de la rondelle et franchissait la ligne bleue adverse.

— À moi! a crié Cédric.

— Pas maintenant, le champion! a-t-elle grogné.

Je n'avais jamais entendu une voix pareille sortir d'une bouche humaine.

Olivier a tenté de harponner la rondelle. Soulevant un de ses patins, Alexia a donné un violent coup de lame sur son bâton. Le bois s'est fendu et le bâton est tombé des mains de l'ailier adverse. Puis notre capitaine a littéralement embouti le défenseur qui essayait de la plaquer.

Toc!

Son lancer était bas et percutant. La rondelle a heurté le bord de la jambière du gardien avant de dévier dans le filet.

J'ai crié mon idée de titre pendant que les partisans des Flammes se levaient en hurlant :

— *Pas de blanchissage!*

Mon magnétophone était équipé d'une cassette et de piles neuves. En l'honneur du retour d'Alexia, je m'étais promis de faire un reportage comme si je travaillais toujours pour la *Gazette*.

Rémi commençait à peine à se remettre sur ses pieds après ce plaquage colossal.

— C'est Alexia Colin! a-t-il dit à l'arbitre d'un ton sec. Elle a été renvoyée de la ligue! Ce but ne compte pas!

L'officiel s'est tourné vers Alexia :

— Est-ce que c'est vrai, mon gars? Enfin, tu sais ce que je veux dire...

Pour toute réponse, Alexia a retiré son casque. Ses cheveux blonds sont retombés sur ses épaules. L'exclamation de surprise qui est sortie de toutes les bouches a fait bondir l'aiguille de mon sonomètre.

— Sa présence est illégale! a accusé Olivier. Appelez la police!

Je suppose qu'il parlait de la patrouille des bâtons de hockey.

Évidemment, il a fallu que M. Fréchette vienne mettre

son nez là-dedans. Il s'est approché pour annoncer la décision officielle de la ligue :

— Comme il a été marqué par un joueur non admissible, ce but est refusé. Et toi, jeune fille, tu devrais montrer plus de respect envers le règlement. Dépose ce bâton et quitte la patinoire immédiatement!

— Mais c'est un bidule en machin-truc! a tonné Boum Boum.

— Un quoi? a demandé l'entraîneur Morin, déconcerté.

— Le règlement de Bellerive lui interdit de transporter un morceau de bois de plus d'un mètre, a précisé le président de la ligue d'un air sévère. Que cela nous plaise ou non, le règlement, c'est le règlement.

— Mais ce n'est pas un morceau de bois, a protesté Cédric. C'est un morceau d'aluminium!

Alexia a levé un pied et frappé la lame de son patin avec son bâton. Le bruit du métal contre le métal était facilement reconnaissable.

M. Fréchette est resté interdit :

— Un bâton en aluminium?

— Un bidule en machin-truc, a confirmé l'entraîneur Blouin.

— Eh bien, c'est... c'est... merveilleux, a bredouillé le président de la ligue.

— Tu veux dire que tu vas la laisser jouer? a demandé Rémi, bouche bée.

— Bien sûr, a répondu son oncle avec un grand sourire. La direction de la ligue s'en voulait d'avoir dû exclure une excellente joueuse comme Alexia. C'est seulement à cause du règlement que nous l'avons fait.

Si vous croyez ces paroles, vous croyez probablement aussi à la fée des dents. M. Fréchette ne laissait notre capitaine réintégrer la ligue que parce qu'il n'avait plus d'excuse pour l'en empêcher.

Le fait d'avoir Alexia avec nous a transformé le jeu. Ses mises en échec robustes impressionnaient les Pingouins, qui y pensaient à deux fois avant de se lancer à la poursuite d'une rondelle libre. Ils n'hésitaient pas longtemps, mais c'était suffisant pour que les Flammes prennent une longueur d'avance sur eux. Bientôt, Jean-Philippe a devancé Olivier dans le coin et envoyé une passe parfaite à Cédric dans l'enclave. Notre capitaine adjoint a fait semblant de lancer, puis a ramené adroitement la rondelle de l'autre côté de sa palette, avant de la faire entrer dans le filet d'un lancer du revers. Le pointage total était maintenant 5 à 2.

L'entraîneur Morin n'a pas tardé à utiliser son temps d'arrêt.

— C'est quoi, votre problème, les gars? a-t-il crié à ses joueurs embarrassés. Vous jouez comme une bande de peureux! D'accord, leur capitaine est revenue. Et puis après? Vous êtes les Pingouins! Si vous ne pouvez pas battre les Flammes avec leur capitaine, inutile de vous prétendre les meilleurs!

Après cet excellent discours, les Pingouins sont revenus en force. Étonnamment, les Flammes leur ont tenu tête. Il y avait de l'action sur la glace, avec de superbes jeux offensifs des deux côtés. Toutefois, personne ne marquait. Puis, juste avant la fin de la période, Rémi s'est débarrassé de son couvreur devant le filet des Flammes. Olivier lui a envoyé la rondelle.

Toc! C'était 6 à 2 pour les Pingouins.

— Pourquoi est-ce que je n'arrive pas à bloquer son lancer? s'est écrié Jonathan dans le vestiaire, en frappant ses jambières avec son bâton.

Cédric n'y comprenait rien non plus :

— Ce n'est pourtant pas plus difficile que les autres lancers du poignet!

L'entraîneur a pris un air songeur, en roulant ses yeux de mante religieuse.

— On dirait que tu te jettes toujours dans la mauvaise direction, en laissant à Fréchette la moitié du cossin pour lancer, a-t-il dit.

— C'est le lancer du poignet de Wayne Gretzky, est intervenu Benoît. C'est impossible à bloquer pour un gars de notre âge.

— Ce n'est pas le lancer du poignet de Wayne Gretzky, a expliqué Alexia patiemment. Il l'a peut-être appris au stage de Wayne Gretzky, mais Rémi est seulement un gars de 12 ans ordinaire, avec un mauvais caractère et une gueule aussi grande que le Grand Canyon. Ne te décourage pas, Jonathan. Tu réussiras d'ici la fin du match.

Jonathan avait retrouvé son sourire quand les équipes sont revenues sur la glace pour la deuxième période. Mais il a fallu moins d'une minute à Rémi pour triompher de notre gardien. Au cours d'une attaque à quatre joueurs, il est parti en échappée. Il a visé et lancé. Jonathan n'a pas pu se déplacer à temps pour faire l'arrêt. Les Pingouins menaient 7 à 2.

Les Flammes accusaient de nouveau un recul de cinq buts. Nous n'étions pas plus avancés qu'à la fin du match précédent. Sur le banc de l'équipe, tout le monde gardait le silence. Même Boum Boum n'avait rien à dire. Le seul son qu'on entendait, c'était le crouche, crouche, crouche de Mme Blouin, qui dévorait une boîte entière de biscuits avec sa boule au fromage, devenue un hémisphère.

Puis, ô miracle, les Flammes ont eu un coup de veine. Alexia a plaqué Rémi contre la bande. C'était une mise en échec parfaitement légale, mais Rémi était si furieux qu'il a allongé son bâton et lui a cinglé la jambe pendant qu'elle s'éloignait. Notre capitaine s'est écroulée pendant que l'arbitre levait le bras.

— Cinglage avec intention de blesser! a aboyé l'arbitre. Pénalité majeure!

Chapitre 19 ▌▐▐▐▐

Incroyable! Une pénalité majeure! Ce type de pénalité dure cinq minutes au lieu de deux. Et elle ne se termine pas lorsque l'autre équipe marque un but. Les Flammes allaient avoir l'avantage numérique tout ce temps!

Évidemment, Rémi a réagi en bébé lala.

— Ce n'est pas juste! a-t-il crié à l'arbitre. Vous me donnez une punition majeure parce que c'est une fille!

—Ça suffit, Fréchette, a ordonné l'entraîneur Morin du banc des Pingouins. Tu sais que tu ne dois pas faire de coup bas!

Je n'avais jamais vu Boum Boum aussi énervé. Il courait si vite autour du banc que sa queue de cheval tournoyait comme les pales d'un hélicoptère. Je me suis dit qu'il était fou d'envoyer Virgile à l'aile gauche, au lieu de Jean-Philippe. Mais comme les Pingouins avaient un joueur en moins, ils n'étaient pas assez nombreux pour l'entourer et l'empêcher de faire des passes.

Quand Fragile a traversé la ligne bleue, Tristan a tenté de le plaquer et a percuté la bande. Notre petit coéquipier a fait une passe à Alexia, qui a envoyé la rondelle à Cédric, dans une position parfaite pour faire dévier la rondelle dans le filet : 7 à 3.

Nous avons applaudi nos joueurs, mais le jeu de puissance des Flammes ne faisait que commencer. Boum Boum a demandé un arrêt de jeu pour laisser reposer ses attaquants. Deux minutes plus tard, Benoît a fait appel à sa vitesse supersonique pour mener une attaque spectaculaire d'un bout à l'autre de la patinoire. Le gardien des Pingouins a réussi un premier arrêt, mais Alexia s'est ruée dans la zone de but, a saisi le rebond et réussi à pousser la rondelle dans le filet : 7 à 4.

Puis, au moment où Rémi quittait le banc des punitions, Olivier a tenté de lui envoyer une passe de dégagement. Kevin l'a bloquée à la ligne bleue et s'est mis à reculer dans l'enclave. Grâce à son rétroviseur, il pouvait voir l'amas de Pingouins protégeant leur gardien. Son lancer n'était pas très percutant, mais la rondelle a dévié une ou deux fois sur des lames de patins avant de rebondir dans le but : 7 à 5! C'était redevenu un vrai match.

Les partisans des Flammes étaient déchaînés. Mme B. m'a serré dans ses bras, écrasant le reste de sa boule au fromage sur mon blouson.

Pour le reste de la période, nous avons assisté aux mises en échec les plus brutales et aux coups de patins les plus énergiques jamais observés dans la ligue Droit au but.

Les partisans des deux équipes s'égosillaient, debout dans les gradins. Les Pingouins étaient partout à la fois sur la patinoire, jouant comme des champions et défendant âprement le titre qu'ils détenaient depuis deux ans. Mais nos Flammes leur tenaient tête et ne se laissaient pas distancer.

Juste avant la fin de la période, les Pingouins ont marqué de nouveau. Olivier a enlevé la rondelle à Carlos dans le coin. Il a contourné notre ailier et fait une superbe passe à Rémi, dans l'enclave. Vous devinez le reste. Encore ce lancer du poignet! Ce misérable, horrible, affreux lancer du poignet! Comment Wayne Gretzky avait-il pu l'enseigner à un crétin comme Rémi? Au retour des Flammes dans le vestiaire, le pointage était de 8 à 5, et le regain d'énergie provoqué par leur remontée s'était dissipé.

Jonathan s'est octroyé tout le blâme :

— Vous avez bien joué. C'est moi qui aurais dû bloquer le lancer de Fréchette. C'est ma faute.

— Non, c'est la mienne, a gémi Carlos. Olivier ne devrait pas arriver à me devancer dans les coins.

— Et moi, j'aurais dû me servir de ma tête! s'est lamentée Alexia d'une voix basse. Si j'avais pensé au bâton d'aluminium il y a trois semaines, on n'aurait pas commencé cette partie avec un retard de cinq buts!

Quelle déception! Il est déjà pénible de se faire blanchir, mais ce devait être encore pire d'effectuer une remontée en finale, pour dégringoler aussitôt après.

Tous les joueurs s'accusaient à tour de rôle :

— J'aurais dû patiner plus vite...

— J'aurais dû faire des plaquages plus énergiques.

— J'aurais dû...

Si je travaille un jour pour *Sports Mag*, mon premier article va s'intituler : *J'aurais dû...*

Tout à coup, l'entraîneur a pris la parole :

— Je n'ai jamais été aussi fier de vous qu'aujourd'hui!

Nous étions stupéfaits. Et ce n'était pas seulement parce qu'il s'exprimait dans un français impeccable. L'entraîneur nous faisait face, la voix vibrante d'émotion.

Tout à coup, j'ai compris. Boum Boum Blouin ne connaissait rien aux championnats, aux victoires, aux triomphes. Toute sa carrière dans la LNH s'était résumée à ce qu'il avait devant les yeux : la déception, la frustration et les efforts incessants pour tenter de s'améliorer.

— Je n'ai rien de plus à vous apprendre, a-t-il continué, les larmes aux yeux. Vous êtes devenus des hommes. Et heu... une patente, a-t-il ajouté en tournant ses yeux de mante religieuse vers Alexia.

Que pouvions-nous faire d'autre? Nous l'avons serré dans nos bras. C'était un geste spontané. Toute l'équipe, y compris Virgile, s'est levée pour aller étreindre l'entraîneur dans une accolade à mi-chemin entre une embrassade et un caucus de football. Nous étions dégoûtants : les joueurs étaient couverts de transpiration et de glace fondue, et ma veste était maculée de fromage au piment. Mais cela nous importait peu. Nous sentions que c'était la chose à faire.

La sirène a retenti, mais nous n'avons pas relâché notre étreinte. Nous nous sommes dirigés vers la porte dans un groupe compact, en traînant les pieds. Nous avons dû nous serrer comme des sardines pour nous extirper du vestiaire. Quand les Pingouins sont sortis de leur propre vestiaire, ils nous ont vus nous glisser par la porte comme une gigantesque créature des marais.

— Ils sont fous, ces Martiens! a décrété Rémi.

Mais cette accolade d'équipe était exactement ce qu'il fallait aux Flammes. Nos joueurs se sont mis à filer à toute allure sur la glace, ébranlant l'extrême confiance des Pingouins. Si un étranger s'était aventuré dans le centre communautaire, il aurait été convaincu que les joueurs en vert étaient les tenants du titre, et non les novices de la petite ville de l'autre côté du canal.

Cédric a été le premier à marquer un but, complétant ainsi son tour du chapeau. Puis Carlos a fait entrer le rebond causé par un lancer-pelletée de Marc-Antoine. Le pointage est passé à 8-7.

Rémi a ralenti la remontée des Flammes en marquant grâce à un autre lancer du poignet. C'était son huitième but en deux matchs. Mais les Marsois ont aussitôt riposté. Jean-Philippe a reçu une passe abandon d'Alexia et a propulsé la rondelle entre les jambes du gardien.

C'était 9 à 8 pour les Pingouins. Il restait 1 minute 12 secondes de jeu.

L'entraîneur Blouin a retiré Jonathan pour ajouter un attaquant à l'équipe. Quels moments angoissants! Le filet était désert, béant comme un gouffre. C'était une cible rêvée pour les Pingouins, qui comptaient d'excellents marqueurs dans leurs rangs – particulièrement Rémi Fréchette.

Mais les tenants du titre n'ont pas prêté attention au filet vide. Ils ont laissé un de leurs défenseurs à l'arrière pour protéger leur gardien, puis les quatre joueurs restants ont formé un grand carré mobile dans la zone neutre, se renvoyant la rondelle entre eux.

— Dernière minute de jeu! ont annoncé les haut-parleurs.

Boum Boum a été le premier à comprendre ce qu'ils faisaient.

— Ils ne vont pas marquer! a-t-il crié. Ils se contentent de tuer le temps!

J'ai regardé l'horloge : 43, 42, 41...

Benoît a plongé en avant, tendant son bâton pour intercepter une passe. Mais il n'était pas assez près.

— Hé, les Martiens! a lancé Rémi en tricotant. Il ne vous reste plus beaucoup de temps!

Soudain, Alexia a quitté sa position et a foncé tête baissée vers lui.

— Nooon! ont crié Boum Boum et la moitié des partisans de Mars, moi y compris.

Elle laissait le champ libre à Rémi pour un tir dans notre filet désert.

Mais en voyant la meilleure plaqueuse de la ligue se jeter sur lui comme une lionne, Rémi a paniqué et raté sa passe à Olivier. Dans un incroyable élan d'énergie qui m'a moi-même étonné, Cédric s'est précipité et a intercepté la rondelle.

Il avait un seul joueur à affronter. La manœuvre qu'il a exécutée est pratiquement impossible à décrire. Disons qu'il a feinté une feinte. Il a commencé par feindre un lancer classique du revers, puis a interrompu son mouvement pour contourner le défenseur à la vitesse de l'éclair. Le gardien s'attendait à une autre feinte, et Cédric s'est donc empressé de lancer, frappant la rondelle plus tôt que nécessaire.

— Qu'est-ce que tu fais? ai-je crié.

Cédric savait bien que le gardien des Pingouins était le meilleur attrapeur de la ligue. La mitaine de ce dernier s'est aussitôt élevée pour faire l'arrêt. J'ai regardé, fasciné, la rondelle frapper le bas de la mitaine et retomber... dans le filet!

Égalité : 9 à 9. Je n'arrivais pas à le croire : nous allions en prolongation.

||||| _Chapitre 20_

J'avais vraiment choisi la mauvaise semaine pour me faire renvoyer de la _Gazette_! Je tenais la primeur du siècle, mais où aurais-je pu la publier?

Cependant, il manquait à ma primeur la partie la plus importante : le pointage final. Allait-on assister au triomphe de la plus étonnante équipe Cendrillon depuis la création du conte de fées? À moins que les méchantes belles-sœurs – les Pingouins – ne remportent la victoire...

Une chose était certaine : j'allais devoir écrire ce reportage en me fiant uniquement à ma mémoire, car tout ce que mon magnétophone enregistrait, c'était la clameur de l'assistance. Les gens s'époumonaient, debout sur leurs sièges. Des miettes de biscuits s'échappaient de la bouche de Mme B., qui s'était levée pour joindre sa voix à la foule.

Avec la Coupe Fréchette en jeu, les deux équipes ont commencé la période de prolongation par un jeu prudent. Mais le rythme s'est vite intensifié. Les joueurs des

Flammes avaient toutes les raisons du monde d'être confiants. Après tout, ils avaient renversé la vapeur dans un match qui avait commencé avec un recul de cinq buts. Il n'y avait qu'un seul problème.

— C'est ce pourri de Rémi! a dit Marc-Antoine d'un ton nerveux. Il déstabilise Jonathan. S'il réussit un tir en prolongation, on est cuits.

— Jonathan est un bon gardien, ai-je dit sans quitter la patinoire des yeux. Mais il perd tous ses moyens devant ce lancer du poignet. Non seulement il n'arrive pas à l'arrêter, mais on dirait qu'il se jette toujours du mauvais côté!

— C'est peut-être un blocage mental, a suggéré Carlos. Un truc psychologique. Il ne peut pas réussir l'arrêt parce qu'il s'en pense incapable.

— Il n'arrive pas à prédire de quel côté arrivera la rondelle, ai-je dit tristement. Ou alors, c'est que Rémi regarde d'un côté tout en lançant de l'autre.

J'avais dit ça à la blague. Mais mes paroles sont restées en suspens, leur véracité frappant soudain chacun de nous au même moment. Voilà ce que Wayne Gretzky avait dû enseigner à Rémi : comment se servir de son regard pour tromper le gardien et le faire bouger dans la mauvaise direction. Comment expliquer autrement qu'un simple lancer du poignet se soit transformé en arme mortelle?

— C'est ça! nous sommes-nous écriés en chœur.

— C'est quoi? s'est exclamé Boum Boum.

Nous lui avons fait part de notre théorie sur le lancer « magique » de Rémi Fréchette.

— Il faut le dire à Jonathan, ai-je conclu. Quand il saura quoi surveiller, il pourra arrêter le lancer de Rémi sans problème!

L'entraîneur était si enthousiaste qu'il a bondi sur le banc.

— Temps d'arrêt! a-t-il beuglé.

— Pas question, a dit le juge de ligne. Vous l'avez déjà utilisé.

Le jeu a donc continué.

Boum Boum ne s'est pas laissé décourager. Allongeant le bras par-dessus la bande, il a attrapé le chandail vert le plus près et attiré le joueur contre le banc. C'était Virgile Norbert.

— Provoque un coup de machin! a chuchoté l'entraîneur, affolé.

— Un coup de sifflet! ai-je traduit. Fais interrompre le jeu! On a un message pour Jonathan.

Le petit Fragile a regardé autour de lui. L'action se passait de l'autre côté de la zone neutre. Il ne s'en approcherait jamais assez rapidement pour tomber sur la rondelle, l'immobiliser ou la propulser dans les gradins.

J'aurais voulu hurler de frustration. Nous avions résolu le mystère du lancer de Rémi, mais cela ne servirait à rien si ce dernier marquait un but avant que Jonathan soit mis au courant.

C'est alors que notre Virgile a fait une chose complètement folle, courageuse et géniale : il a redressé ses maigres épaules, a placé l'embout de son bâton à la hauteur de son masque et s'est précipité à toute vitesse sur la bande.

Paf!

Bain de sang. Coup de sifflet.

L'entraîneur était consterné. Il a pris une poignée de serviettes, a bondi sur la glace et est allé appliquer des compresses sur le nez de son joueur blessé.

— Tu l'as fait exprès de manger ton bâton! l'a-t-il accusé. Pourquoi as-tu fait un machin aussi stupide?

J'ai à peine entendu la réponse étouffée de Virgile sous le flot de sang.

— Allez parler à Jonathan! a-t-il insisté. Donnez-lui votre message!

En entendant ces mots, Carlos a sauté par-dessus la bande et s'est dirigé vers notre zone de but. Jonathan et lui ont tenu un long conciliabule. Au terme de leur conversation, ils ont tourné les yeux vers Rémi Fréchette. J'ai distinctement entendu Jonathan déclarer, avec un grand sourire :

— Compris!

À la grande déception de Jean-Philippe, l'arbitre a refusé de faire entrer la surfaceuse. Les taches de sang ont été essuyées à l'aide de serviettes, puis le jeu a repris.

La mise au jeu a eu lieu dans la zone des Flammes, à gauche de Jonathan. La formation des Flammes était composée de Cédric, Alexia et Jean-Philippe à l'avant, et de Benoît et Kevin à la défense. Il s'agissait des mêmes joueurs qui avaient été envoyés sur la patinoire au tout début du premier match des Flammes, au mois d'octobre.

Tristan a bougé prématurément et l'arbitre l'a expulsé du cercle de mise au jeu. Rémi est venu se placer devant Cédric.

— Ça y est, Rougeau, a-t-il grogné. C'est entre toi et moi!

Ces anciens partenaires de trio et meilleurs amis étaient devenus des rivaux acharnés.

Cédric a remporté la mise au jeu, mais Rémi a frappé son bâton, envoyant la rondelle rebondir dans le coin. Tristan s'est lancé à sa poursuite, Alexia sur ses talons.

Boum! Elle l'a frappé de l'épaule, le coinçant entre elle et son coéquipier Olivier, venu à la rescousse. Le coup était si violent que les deux Pingouins sont tombés. La rondelle a jailli dans les airs. En tombant, Olivier a avancé son bâton et a poussé la rondelle en direction du filet.

Là, dans sa position habituelle, attendait Rémi Fréchette. Seul!

— Noooon!

Ce cri n'a pas seulement jailli de ma bouche, mais de celle de tous les partisans de Mars.

Rémi a exécuté le lancer du poignet à la Gretzky qui avait fait de lui le meilleur marqueur des éliminatoires. Et cette fois, j'ai vu clairement sa feinte. Son casque… non, son corps tout entier était orienté vers le coin droit. Et pourtant, la rondelle a filé vers le coin gauche!

On aurait dit que la Terre s'arrêtait de tourner. Toute la scène m'est apparue comme une série d'images successives. La rondelle se rapprochait peu à peu du filet et de la victoire des Pingouins. Les huit autres fois où Rémi avait effectué ce lancer, ça lui avait valu huit buts.

Puis les images ont commencé à s'animer. J'ai vu Jonathan se jeter en travers de la zone de but. La rondelle glissait toujours vers le filet désert. À la dernière seconde, Jonathan a battu l'air de son bâton et...

Poc!

— C'est un arrêt!

Je ne pouvais pas entendre ma voix avec la clameur de la foule, mais je savais que je criais parce que j'avais la gorge en feu.

Kevin s'est emparé du rebond et a entrepris une attaque à reculons.

Paf!

Rémi l'a plaqué de côté. Kevin s'est écroulé, mais pas avant d'avoir fait une passe à Benoît. Notre rapide défenseur a mis les gaz et traversé la ligne rouge à pleine puissance, distançant aisément les avants adverses. Au moment où il a fait une passe à Jean-Philippe, les Flammes menaient une attaque à trois contre deux.

— Vas-yyyyy!

Un défenseur s'est avancé vers Jean-Philippe, mais notre ailier a fait glisser la rondelle entre les patins de l'adversaire en direction de Cédric. Avec un seul Pingouin devant lui, notre capitaine adjoint a choisi de ne pas feinter. Il a accéléré, dans l'espoir de battre le défenseur par sa seule vitesse. Et il a réussi. Toutefois, lorsqu'il est arrivé à la hauteur du filet, l'angle était trop fermé pour lui permettre un tir au but. Mais avait-il le choix? Il était presque à la ligne rouge.

Soudain, il a entendu le bruit d'un bâton frappant la glace derrière lui – et pas un bâton de bois. D'un mouvement vif comme l'éclair, il a pivoté et, d'un coup du revers, a expédié la rondelle à l'aveuglette vers le devant du filet.

La passe était loin d'être précise, mais ça n'a pas arrêté Alexia. Elle a bondi dans un saut de l'ange, battant désespérément l'air de son bâton.

Cling!

Chapitre 21 ||||||

Le bout de la palette d'aluminium est entré en contact avec la rondelle, juste assez pour la renverser sur sa tranche. Une exclamation collective a fusé des gradins quand la rondelle s'est mise à rouler dans les airs, à travers la zone de but déserte. Puis, alors qu'elle semblait sur le point de rater la cible, elle a mystérieusement changé de trajectoire, a vacillé, puis est retombée à plat dans le filet.

Je sais que ça semble incroyable, mais pendant une fraction de seconde, je n'ai pas compris ce qui venait d'arriver. C'était la même chose pour tout le monde. Il y a eu un moment de silence stupéfait dans l'aréna.

Puis l'entraîneur Blouin a poussé un cri que je n'essaierai même pas de décrire. Ce n'était pas un cri d'encouragement, de triomphe ni même de joie. C'était simplement un relâchement de tension. Après 16 années désastreuses dans la LNH, Boum Boum était enfin victorieux.

Les partisans des Flammes étaient déchaînés. Certains se sont précipités sur la glace, où ils se sont mis à glisser et à danser d'allégresse. Les autres sont demeurés près de la bande, à frapper le plexiglas en poussant des cris frénétiques.

Quant aux joueurs des Flammes, le meilleur titre que je pouvais trouver pour décrire leur état d'esprit était : *Démentiel!* Ils tombaient à tour de rôle en prenant leur élan pour sauter sur Alexia, qui avait marqué le but vainqueur. J'ai rejoint l'équipe sur la glace, où j'ai étreint les joueurs en poussant des cris de triomphe et en bondissant sur place. C'était plus qu'un simple scoop de *Sports Mag*. C'était une centaine d'articles réunis en un seul : une équipe Cendrillon, une remontée spectaculaire, le triomphe de la justice sur l'iniquité, la revanche des exclus reprenant la place qui leur était due. C'était plus qu'une victoire; c'était une méga-bombe, une supernova, un moment exaltant, fantastique, supergénial!

Alexia et Cédric, qui avaient passé la saison à se disputer, frappaient leurs casques ensemble en riant de bonheur. Ce sont nos deux capitaines qui ont finalement ramassé la rondelle gagnante et l'ont remise à notre entraîneur.

Boum Boum l'a donnée au joueur qui la méritait plus que tous les autres. Était-ce Alexia, qui avait marqué le but victorieux? Cédric ou Jean-Philippe, qui avaient fait les passes? Ou encore Jonathan, qui avait fait l'arrêt le plus important? Non.

— Virgile, a dit Boum Boum à son nouveau joueur. Si tu n'avais pas mangé ton bâton pour interrompre le jeu, on aurait probablement perdu cette patente. Tu es le zigoto le plus résistant que j'aie jamais vu. Je pense que tu devrais avoir cette bébelle.

Une expression pleine d'espoir s'est dessinée sur le petit visage de Virgile.

— Vous voulez dire que vous ne me détestez plus?

Nos éclats de rire ont été interrompus par des oh! et des ah! M. Fréchette s'approchait avec la Coupe Fréchette. Laissez-moi vous dire que ce trophée argenté n'avait jamais autant brillé que ce jour-là sous les lumières de l'aréna.

Alexia a regardé autour d'elle avec jubilation.

— Où est mon ami Rémi? Je veux qu'il nous voie mettre nos mains d'extraterrestres sur sa précieuse coupe!

— Nos mains? a gloussé Jonathan. Je vais faire bien plus que la toucher! Je vais la prendre dans mes bras, l'embrasser, et même la marier!

— Boum Boum! a appelé la voix de Mme Blouin derrière nous. C'est le moment!

— Oui, je sais! a répondu l'entraîneur. Ils vont nous donner la patente Fréchette!

— Non, non! a-t-elle insisté. C'est le moment! Le bébé s'en vient!

Stupéfait, il s'est tourné vers sa femme :

— Mais, mais... l'accouchement est prévu pour le mois de juin!

— Tu diras ça au bébé! a-t-elle répliqué d'un air fâché. Il faut aller à l'hôpital!

Paniqué, Boum Boum a couru vers elle et a tenté de la guider à travers la foule vers la sortie la plus proche. Ils n'ont pas avancé d'un pouce. Il y avait 20 rangées de spectateurs agglutinés autour de la patinoire. Avec les Marsois délirants de joie et les Pingouins désireux de quitter les lieux, c'était un véritable embouteillage.

L'entraîneur s'est tourné vers la sortie sud. La voie était tout aussi encombrée. Il a demandé, d'un air inquiet :

— Comment allons-nous sortir de ce bidule?

Soudain, on a entendu le grondement d'un énorme véhicule. Une voix a crié :

— Par ici, monsieur Blouin!

Nous sommes restés bouche bée. Les spectateurs en liesse se dispersaient pour laisser passer la surfaceuse, qui avançait en grondant sur la glace, conduite par Jean-Philippe.

Les yeux de mante religieuse de l'entraîneur ont jailli de leurs orbites.

— Jean-Philippe? s'est-il écrié. Bon sang, qu'est-ce que tu fais là?

Jean-Philippe a désigné l'ouverture de la bande destinée à la surfaceuse. Elle conduisait à une sortie donnant accès au terrain de stationnement, où les résidus de glace étaient déversés.

— Je peux vous sortir d'ici! Montez!

Nous étions plutôt habitués aux idées saugrenues de

Jean-Philippe. Celle d'utiliser comme ambulance une surfaceuse conduite par un enfant de 12 ans était digne des meilleurs classiques de tous les temps.

D'un autre côté, qu'est-ce que Boum Boum pouvait faire d'autre? Les sorties étaient bloquées. Et il n'était pas question que le bébé naisse dans un aréna. L'entraîneur a donc conduit sa femme sur la glace et l'a soulevée jusqu'au marchepied de l'énorme machine. En montant à son tour, il a agité un doigt en direction de Jean-Philippe :

— Conduit avec patente!

— Avec prudence! a traduit Mme B. d'une voix faible.

— Jean-Philippe! s'est écrié Carlos. Où vas-tu?

— À l'hôpital! a répondu Jean-Philippe en appuyant sur l'accélérateur et en décrivant un virage à 180 degrés.

Alexia a bondi sur un des pare-chocs.

— Pas question que ce bébé naisse sans moi!

— Ni moi! a ajouté Cédric en montant à côté d'elle.

Tous les joueurs des Flammes, ainsi que le journaliste de l'équipe, se sont empilés sur la surfaceuse. Vous auriez dû voir ça! Quelques gars étaient entassés sur le capot, s'agrippant pour ne pas glisser. Marc-Antoine était étendu aux pieds de Jean-Philippe. Virgile avait passé son bâton par-dessus le dossier du conducteur et s'y cramponnait de toutes ses forces, les paupières serrées. Quant à Jean-Philippe, eh bien, c'était son heure de gloire. Il avait conduit ce véhicule tellement de fois dans ses rêves qu'il était un vrai pro.

M. Fréchette galopait à nos côtés en criant comme un

144

forcené :

— Revenez! Ne partez pas avec ma surfaceuse!

— Désolé, monsieur Fréchette! lui a lancé Jean-Philippe. On a rendez-vous à l'hôpital!

Puis nous sommes sortis dans le stationnement. L'hôpital était au bout de la rue. Jean-Philippe a piloté la surfaceuse le long du trottoir.

— Écartez-vous! a-t-il crié à un pauvre homme qui promenait son chien. Laissez passer les champions du hockey et une femme enceinte!

Nous nous sommes arrêtés sous la pancarte portant le mot « Urgences ». Le personnel infirmier, qui n'était sûrement pas habitué à voir arriver des patients à bord d'une surfaceuse, a été plutôt compréhensif. L'entraîneur et sa femme ont aussitôt été emmenés au département d'obstétrique, pendant qu'on nous dirigeait vers la salle d'attente. Les joueurs ont dû déposer leurs bâtons dans le porte-parapluies. Leurs lames de patins sur le linoléum nous ont attiré quelques regards désapprobateurs.

Nous nous sommes installés pour attendre des nouvelles.

— Vous savez, ai-je dit à mes camarades, Rémi Fréchette avait raison depuis le début. Aucun Marsois n'a mis la main sur la Coupe Fréchette. On est partis avant que son oncle puisse nous la remettre.

— Ne t'en fais pas, m'a rassuré Cédric. On va l'avoir, notre trophée. Ils ne peuvent pas nous l'enlever, juste parce qu'on avait une urgence médicale. J'espère que Mme B. et le bébé vont bien, a-t-il ajouté d'un ton nerveux.

— Pourquoi est-ce si long? s'est plaint Carlos. On est ici depuis 10 minutes. Combien de temps est-ce que ça prend pour avoir un bébé?

— Ma mère dit qu'elle a mis 22 heures à accoucher de moi, a dit Fragile.

— Vingt-deux heures! s'est exclamé Jean-Philippe. Flûte, j'aurais dû mettre plus de pièces dans le parcomètre!

Toutefois, nous avons rapidement eu des nouvelles. Quand Boum Boum est entré dans la salle d'attente, nous nous sommes levés d'un bond. C'était un grand moment.

— C'est une patente, a-t-il annoncé.

Il y a eu un instant de silence.

Puis Alexia a demandé :

— Voulez-vous dire que c'est une fille?

— Non, une patente! a-t-il insisté.

Mme B. est apparue derrière lui, toujours aussi grosse qu'une maison.

— C'est une indigestion, a-t-elle traduit d'un air penaud. Trop de piment. C'était une fausse alerte.

Quand nous sommes revenus au centre communautaire pour réclamer notre trophée, tout le monde était parti.

Chapitre 22

— Alors, Clarence, a dit mon dentiste, le lundi matin. Il paraît que les Flammes ont remporté les éliminatoires hier? Raconte-moi ça!

Évidemment! Le Dr Meunier était le seul habitant de Bellerive qui ne faisait pas mine d'ignorer la victoire des Flammes, et j'avais 5 kilos d'instruments dentaires dans la bouche! Je n'aurais même pas pu proférer un grognement, encore moins une description détaillée de la victoire qu'avait remportée la meilleure équipe Cendrillon de l'histoire du hockey!

Par contre, je n'avais pas à me plaindre de mon examen dentaire. Je n'avais que deux caries. C'était bien mieux que les 11 caries du rendez-vous précédent. J'étais fraisé et plombé quand je suis entré dans l'école, à 9 h pile. Ma destination : la cafétéria, où se trouvait une carte de la Voie lactée constituée de boules magiques. Je n'allais pas revoir le dentiste avant six mois, et j'avais bien l'intention de célébrer ça en dévorant la moitié de la galaxie, la Grande Ourse y compris, avant le dîner. J'allais de nouveau mériter mon surnom de Tamia. À partir de ce moment, les gens devraient peut-être même m'appeler poisson-globe.

J'ai croisé les joueurs des Flammes, qui étaient rassemblés devant la vitrine près du bureau. Bien à l'abri derrière la fenêtre cadenassée, luisait la Coupe Fréchette.

— Quel sans-cœur, ce M. Fréchette! s'est exclamé Jonathan, dégoûté. Il s'est arrangé pour qu'on ne puisse pas avoir notre trophée.

— Il est seulement fâché parce que la police a mis la surfaceuse à la fourrière, a ajouté Jean-Philippe. Comment aurais-je pu savoir que c'était une zone interdite?

— Tu aurais pu lire la pancarte, a dit Alexia. C'était écrit : « Zone de remorquage ».

— Hé! a protesté Jean-Philippe d'un ton fâché. C'était la première fois que je conduisais! Je trouve que je m'en suis plutôt bien sorti.

— On n'a pas eu de bébé, a souligné Carlos.

— Ce n'est pas ma faute! a explosé Jean-Philippe. Même un vrai conducteur de surfaceuse n'aurait pas pu vous obtenir un bébé!

— Cet horrible Rémi Fréchette avait quand même raison, ai-je dit avec tristesse. On ne mettra jamais la main sur ce trophée.

— À moins que quelqu'un n'ait apporté une brique! a lancé Alexia.

— Ne vous laissez pas abattre, a dit Cédric. Ils vont

nous le donner au banquet du mois de juin. Et à ce moment-là, le nom de notre équipe sera gravé sur la coupe.

Quand je suis arrivé à la cafétéria, M. Lambert avait déjà commencé les annonces au micro :

... et durant la finale des éliminatoires de la ligue Droit au but, les Pingouins électriques ont joué brillamment, perdant par un seul but, avec un pointage de 10 à 9.

Je n'étais même pas surpris. On pouvait toujours compter sur les habitants de Bellerive pour vanter les mérites de leurs Pingouins adorés, même lorsqu'ils perdaient. Nulle mention de l'équipe victorieuse. Aucune chance d'entendre : « Félicitations aux Flammes qui ont remporté la coupe, au terme de leur toute première saison. » Je parie que M. Lambert ne faisait même pas ça par méchanceté. Tout simplement, l'idée de parler d'une équipe originaire d'une autre ville ne lui avait pas traversé l'esprit.

J'ai contourné la file d'attente et je suis allé directement à l'endroit où était suspendu mon « projet scientifique ». Mon exclamation de surprise a fait sursauter tout le monde. Je suis pratiquement certain d'avoir aspiré la moitié de l'air dans la pièce.

Ma couverture bleue et les centaines de boules magiques de Mme B. avaient disparu!

Mme Spiro s'est approchée de moi :

— Bonjour, Clarence. Je suppose que tu aimerais savoir où est ton projet de sciences?

— Quelqu'un l'a mangé! ai-je gémi.

— Petit farceur! a-t-elle dit en riant. M. Pincourt était si impressionné par ton œuvre qu'il l'a inscrite à l'Expo-sciences d'Amérique du Nord, qui a lieu à Anchorage, en Alaska.

— En Alaska! ai-je répété, stupéfait. Mais c'est loin! L'expo-sciences ne dure que quelques jours, non? ai-je demandé en reprenant espoir. Ma... heu... galaxie va revenir bientôt?

— Oh, non! a-t-elle répondu. Après l'exposition, tous les projets vont faire le tour des écoles du continent pendant cinq mois et demi. C'est excitant, n'est-ce pas?

— Je n'en reviens pas, ai-je marmonné.

Je ne reverrais mes boules magiques que deux semaines avant mon prochain rendez-vous chez le dentiste, à un moment où je n'oserais plus y toucher!

Mme Spiro m'a regardé dans les yeux :

— Clarence, j'ai beaucoup admiré ton comportement ces deux dernières semaines. Quand je t'ai renvoyé du journal, tu aurais pu bouder et adopter une attitude négative. Au lieu de cela, tu as concentré ton énergie sur une activité constructive. Tu as complété un projet scientifique qui a dû te demander beaucoup d'efforts et de créativité.

Je me suis revu en train d'emballer nerveusement les boules magiques dans ma couverture et de les lancer par la fenêtre pour que ma mère ne les trouve pas.

— Ce qui mérite d'être fait mérite d'être bien fait, ai-je dit en soupirant.

— Eh bien, je crois que tu as mérité une deuxième chance, a-t-elle repris. J'aimerais que tu reviennes travailler avec moi au journal.

Mon moral a remonté en flèche. Tamia Aubin était redevenu journaliste! Maintenant, plus personne ne pourrait ignorer l'équipe Cendrillon de Mars. J'allais raconter toute l'histoire dans la section sportive de la *Gazette*.

Attention, *Sports Mag*! Me voici!

Le banquet sportif du mois de juin, qui avait lieu au centre communautaire, était le plus important événement de l'année pour les jeunes athlètes de Bellerive. Ce souper de poulet frit était l'occasion de remettre officiellement les trophées aux diverses équipes sportives, allant des joueurs de t-ball de la maternelle aux meneuses de claque du secondaire. Quelque part au cours de la cérémonie, les Flammes devaient recevoir la Coupe Fréchette.

Ils nous ont fait attendre. Oh! comme ils nous ont fait attendre! Ils ont remis tous les écussons scouts, tous les rubans de baseball, avant que ce soit notre tour. Ils nous avaient attribué une table à l'arrière de la salle, si loin de la scène que les autres gagnants ressemblaient à des fourmis. C'était un manque évident de respect. Mais cela ne nous a pas empêchés de faire la fête dans notre coin, empilant les os de poulet et arrosant notre victoire à coups de verres de boisson gazeuse. Les joueurs agitaient tous la main d'un air réjoui. C'étaient ces mains d'extraterrestres qui allaient se poser sur la Coupe Fréchette, au grand dépit de Rémi. Ces pourris de Bellerive pouvaient nous ignorer et nous reléguer au fond de la salle, mais ils ne pouvaient pas changer le fait que nous avions gagné.

Je parie que nous avons davantage mangé et bu que toutes les autres tablées. Évidemment, c'était en grande partie à cause de Mme Blouin. Vous souvenez-vous quand j'avais dit en avril qu'elle était grosse comme une barrique? Eh bien, elle avait encore grossi. Elle avait maintenant la largeur de trois personnes.

Après deux heures d'attente assommante, notre tour est enfin arrivé. M. Fréchette s'est levé avec un sourire factice plaqué sur la figure.

— Le moment est venu de remettre la Coupe Fréchette aux champions de la ligue Droit au but : les Flammes.

La foule a applaudi poliment. Ce n'était pas exactement l'ovation à laquelle les Pingouins avaient droit chaque année, mais c'était tout de même satisfaisant. Je me suis levé le premier afin de photographier l'équipe et l'entraîneur qui s'avançaient pour recevoir leur prix. La dernière édition de la *Gazette* sortait la semaine suivante, et je voulais publier une double page spectaculaire qui ferait l'envie de *Sports Mag*. J'avais même mon titre, mon meilleur à ce jour : La folie des finales.

Comme les applaudissements étaient plutôt discrets, nous avons entendu distinctement ces mots :

— Boum Boum, c'est le moment.

— Oui! s'est écrié joyeusement Jonathan. Nous allons

enfin avoir notre trophée!

Les joueurs étaient si pressés de monter sur la scène qu'ils n'ont pas remarqué que Boum Boum s'était figé comme une statue.

Mme Blouin a répété :

— Ça y est, Boum Boum. Le bébé arrive.

Toute l'équipe a rebroussé chemin pour accompagner Mme B. jusqu'à la porte. M. Fréchette est resté en plan sur la scène, sans personne à qui remettre son trophée.

Jean-Philippe a voulu se diriger vers la patinoire.

— Je vais chercher la surfaceuse.

— Non, merci! s'est empressée de dire Mme Blouin. On va prendre le camion.

Nous nous sommes donc encore retrouvés dans la salle d'attente du département d'obstétrique. Et pas seulement pour quelques minutes, cette fois.

Nous ne tenions pas en place. Nous avons fait les cent pas. Nous avons vidé la distributrice de friandises. Et surtout, nous avons parlé de la Coupe Fréchette. Malgré tous nos efforts, la prédiction de Rémi Fréchette se réalisait. Nous n'allions jamais mettre la main sur cette coupe.

— Rémi a dit, Rémi a dit, nous a imités Alexia en baissant le volume. Vous ne trouvez pas qu'il en a assez dit?

— Un trophée, ce n'est qu'un objet, a ajouté Fragile, philosophe. Qu'on le touche ou non, on l'a tout de même gagné.

Parfois, il faut le regard naïf d'un novice pour aller

directement au cœur de la question.

Soudain, l'entraîneur a surgi dans la salle. Il avait l'air de s'être enfoncé le doigt dans une prise de courant.

— C'est un trucmuche! a-t-il bredouillé.

— Ah, pas encore! a grogné Carlos. Je lui ai dit qu'elle mangeait trop de salade de chou!

— Non! a crié Boum Boum. C'est un bidule! Un zigoto! Un garçon!

Nous nous sommes réjouis sans faire trop de bruit, car l'infirmière nous observait. Mais au fond de nous, nous poussions des cris d'allégresse. Le plus jeune membre des Flammes venait de voir le jour!

— Comment va Mme B.? a demandé Alexia.

— Numéro un! a déclaré le nouveau papa. Elle se repose en ce moment. Mais je peux vous emmener voir le gugusse.

Nous sommes donc allés presser nos nez contre la vitre de la pouponnière. C'était un tout petit bonhomme enveloppé dans une couverture bleue. Il était ridé, chauve et édenté. On pouvait voir la ressemblance avec son père, mais il était tout de même mignon. Avec un peu de chance, il ressemblerait davantage à sa mère en grandissant.

Un carton fixé au petit lit portait son nom : Clétus Blouin fils.

— Clétus? nous sommes-nous écriés en chœur.

— Il porte mon nom, a dit fièrement l'entraîneur. Boum Boum est seulement le surnom que je portais quand je jouais dans la patente.

J'ai regardé le nouveau-né ouvrir la bouche dans un énorme bâillement avant de se rendormir paisiblement.

Un jour, me suis-je dit, quand il sera plus grand, je raconterai à Clétus Blouin fils l'histoire de ses parents et de la saison miraculeuse des Flammes de Mars. Il ne me croira pas. C'est une histoire si incroyable! Mais je la lui raconterai quand même.

C'est le rôle d'un journaliste.

Quelques mots sur l'auteur

« J'ai toujours adoré les sports, confie Gordon Korman. J'ai grandi à Montréal et à Toronto, des villes où le hockey occupe une place de choix. Ma mère dit qu'elle m'a baptisé Gordon en l'honneur de Gordie Howe, le joueur légendaire des Red Wings de Détroit. C'était son joueur favori quand elle était adolescente. »

Gordon Korman est l'un des auteurs canadiens préférés des jeunes. Il a plus de 50 ouvrages à son actif, dont quelques collections (Collège MacDonald, Sous la mer, Everest et Naufragés). Il vit à New York avec sa femme, qui est enseignante, et leurs trois enfants.